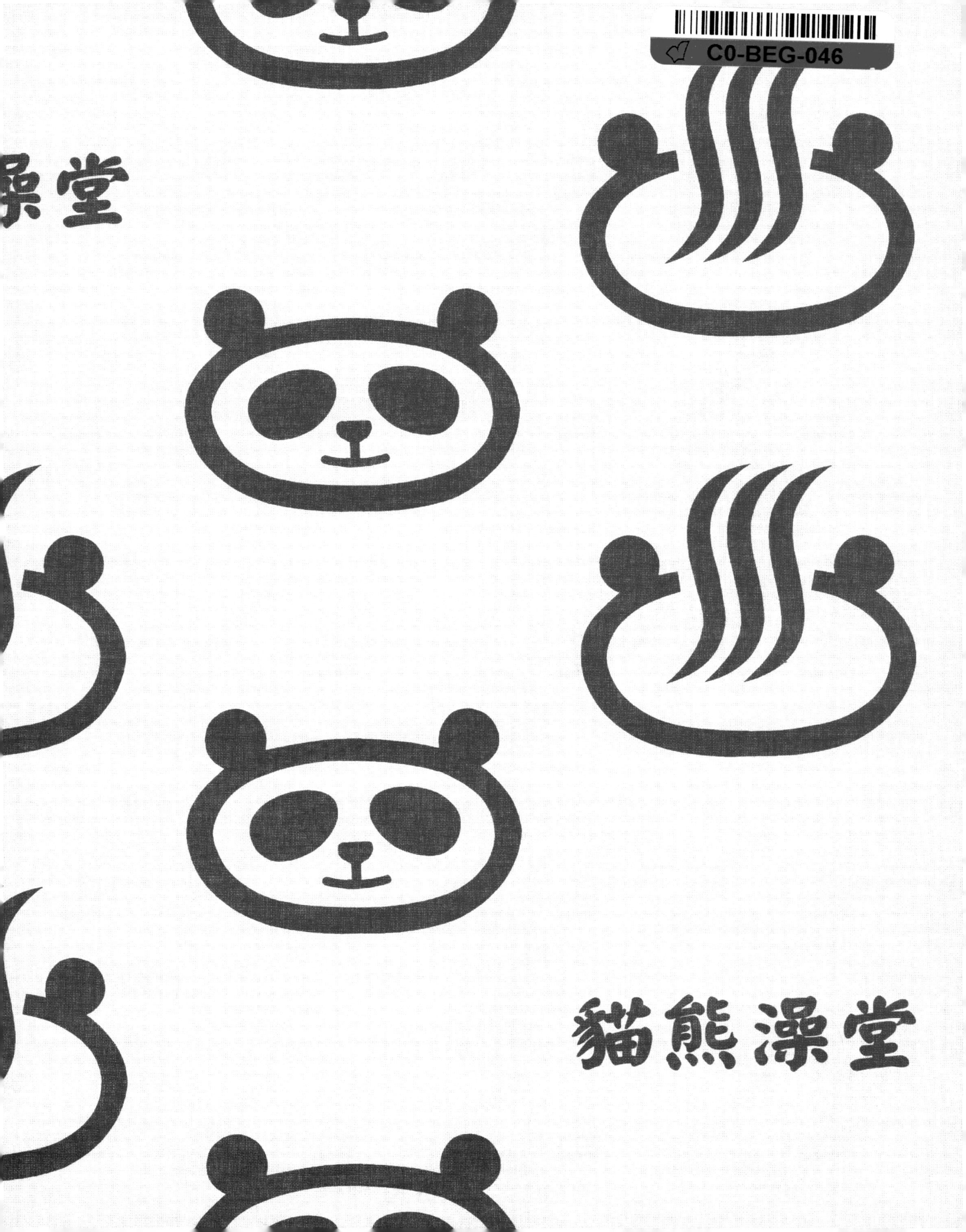
澡堂
貓熊澡堂

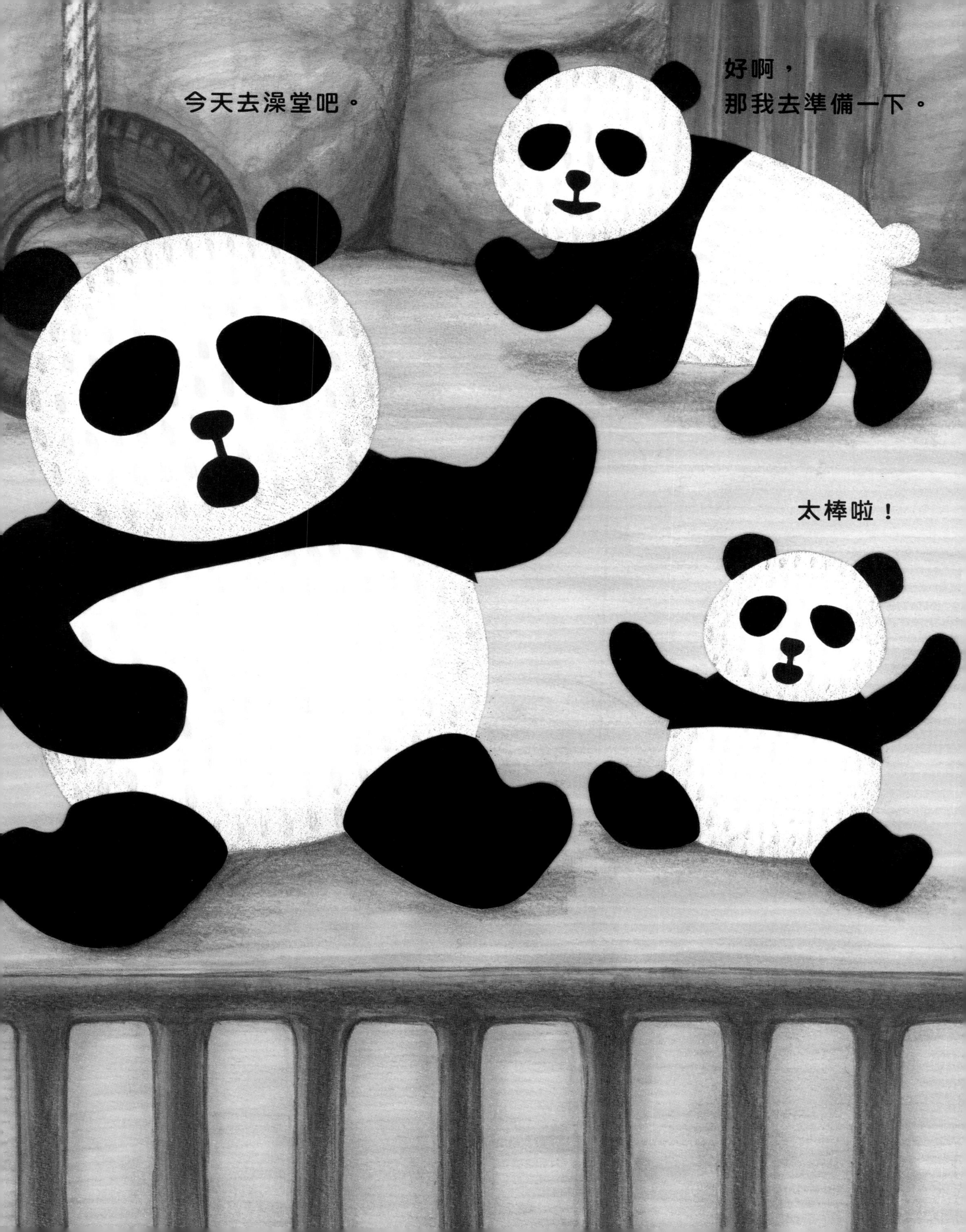
今天去澡堂吧。
好啊，
那我去準備一下。
太棒啦！

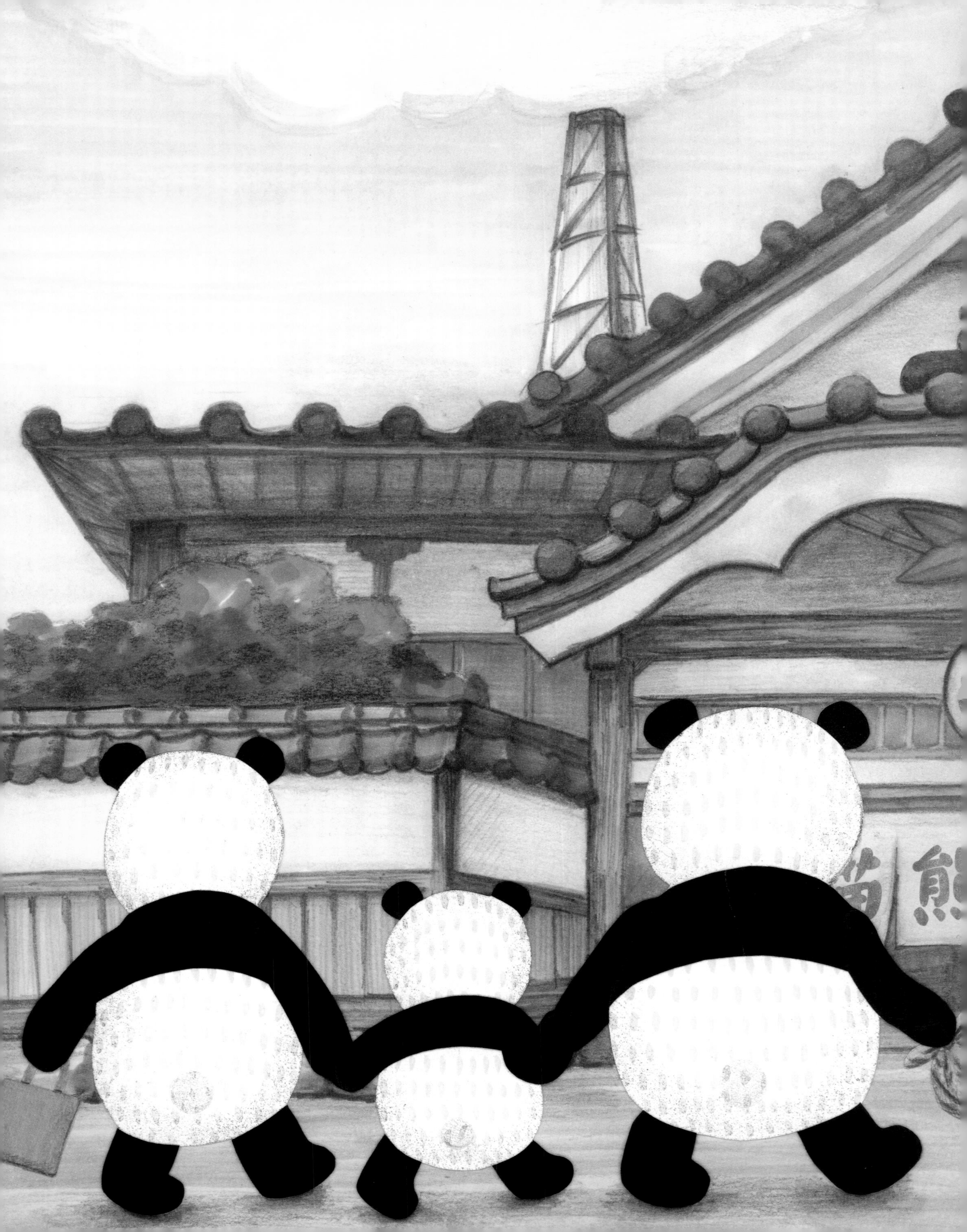
熊

貓熊澡堂

文・圖 tupera tupera　譯 劉握瑜

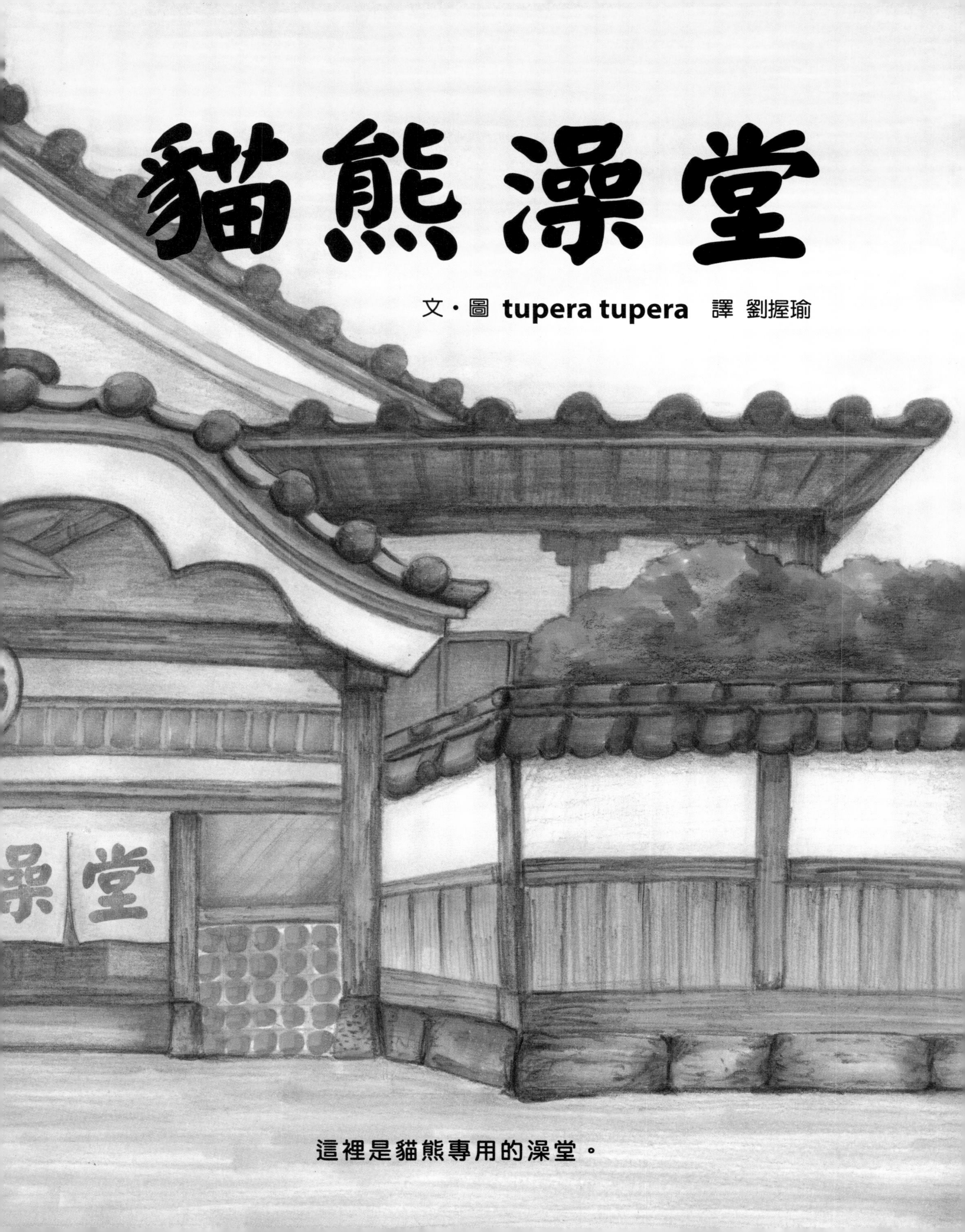
澡堂

這裡是貓熊專用的澡堂。

歡迎光臨。

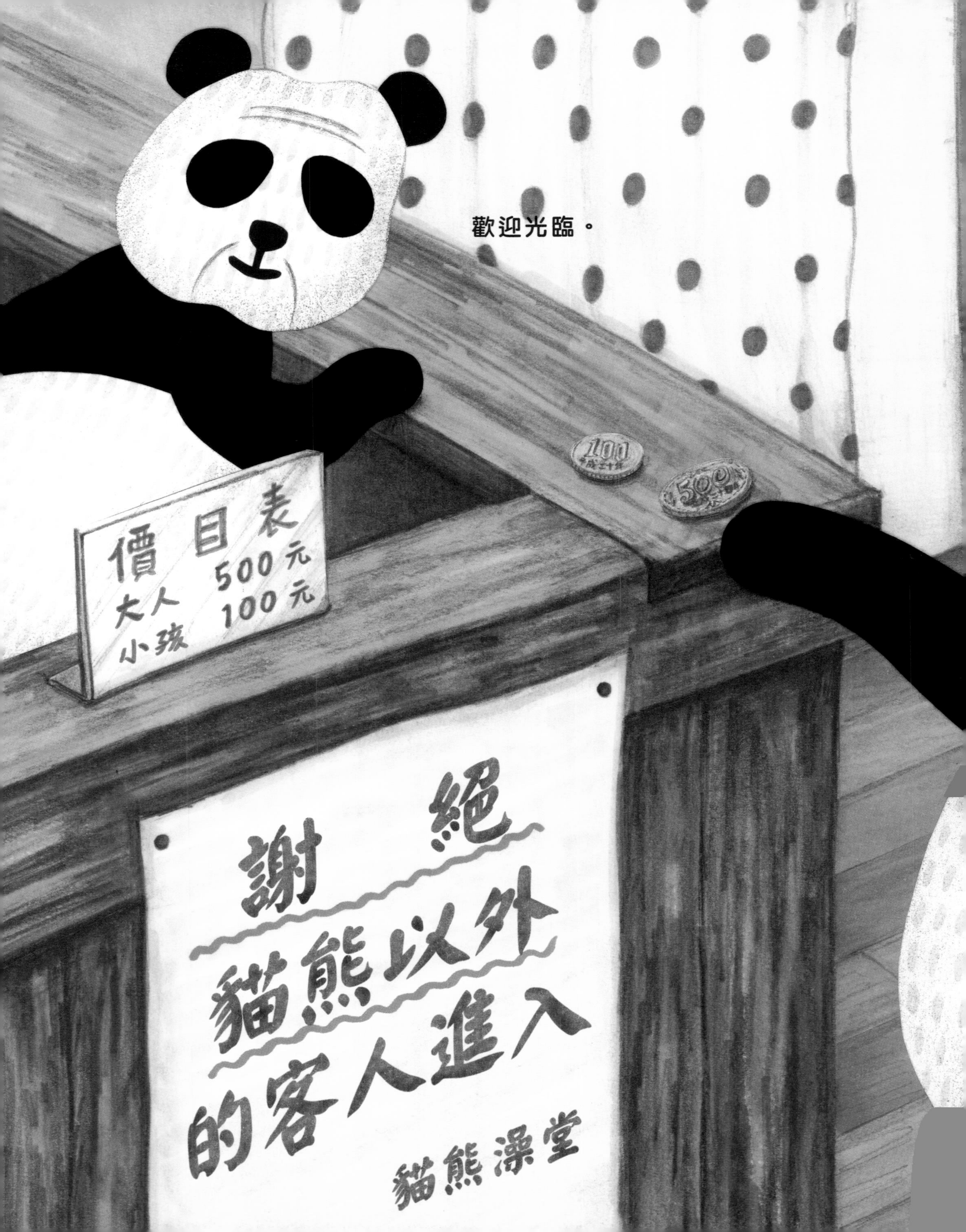
價目表
大人 500元
小孩 100元
謝絕
貓熊以外
的客人進入
貓熊澡堂

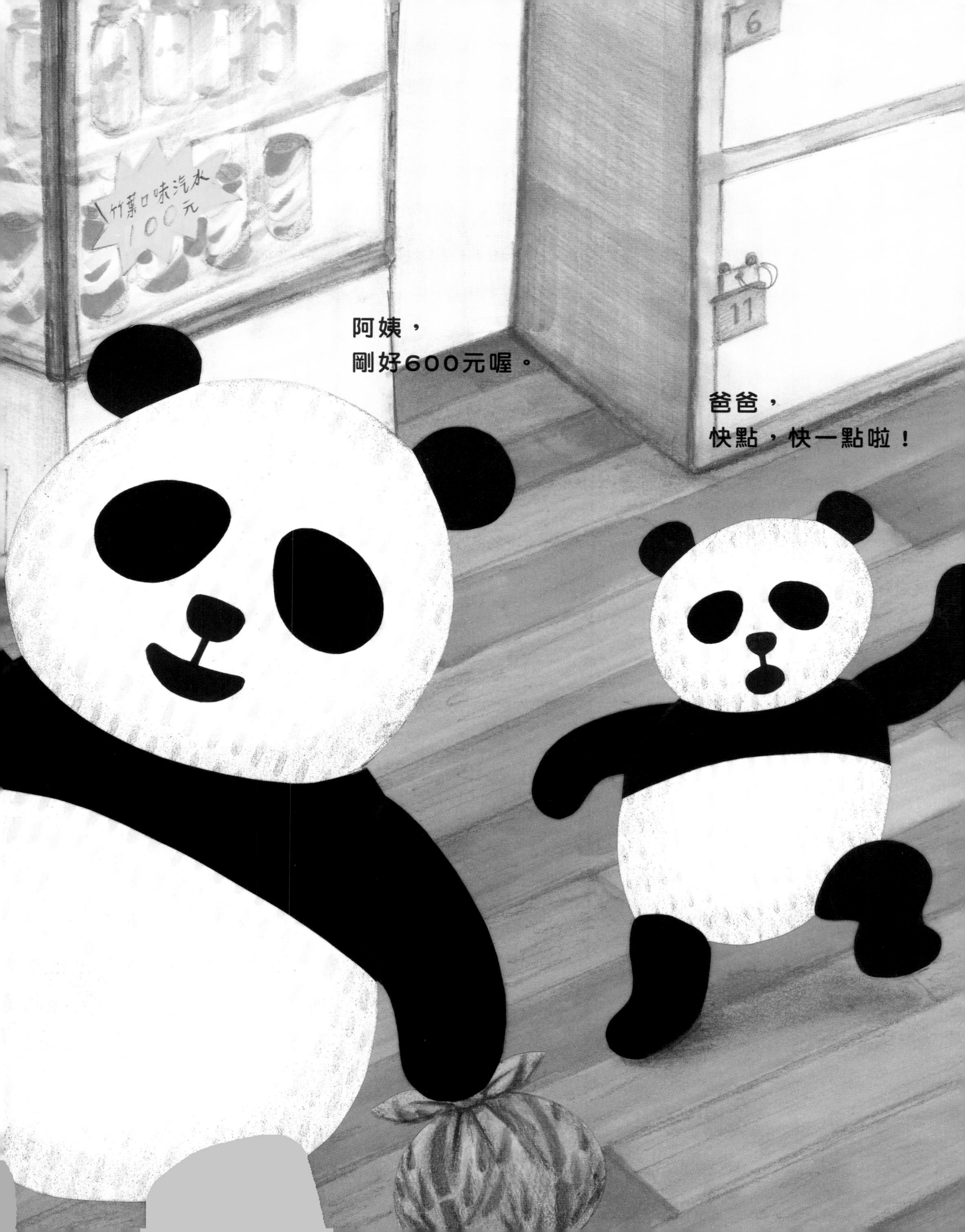
竹葉口味汽水
100元

阿姨，
剛好600元喔。

爸爸，
快點，快一點啦！

衣服脫下來要放到籃子裡喔。

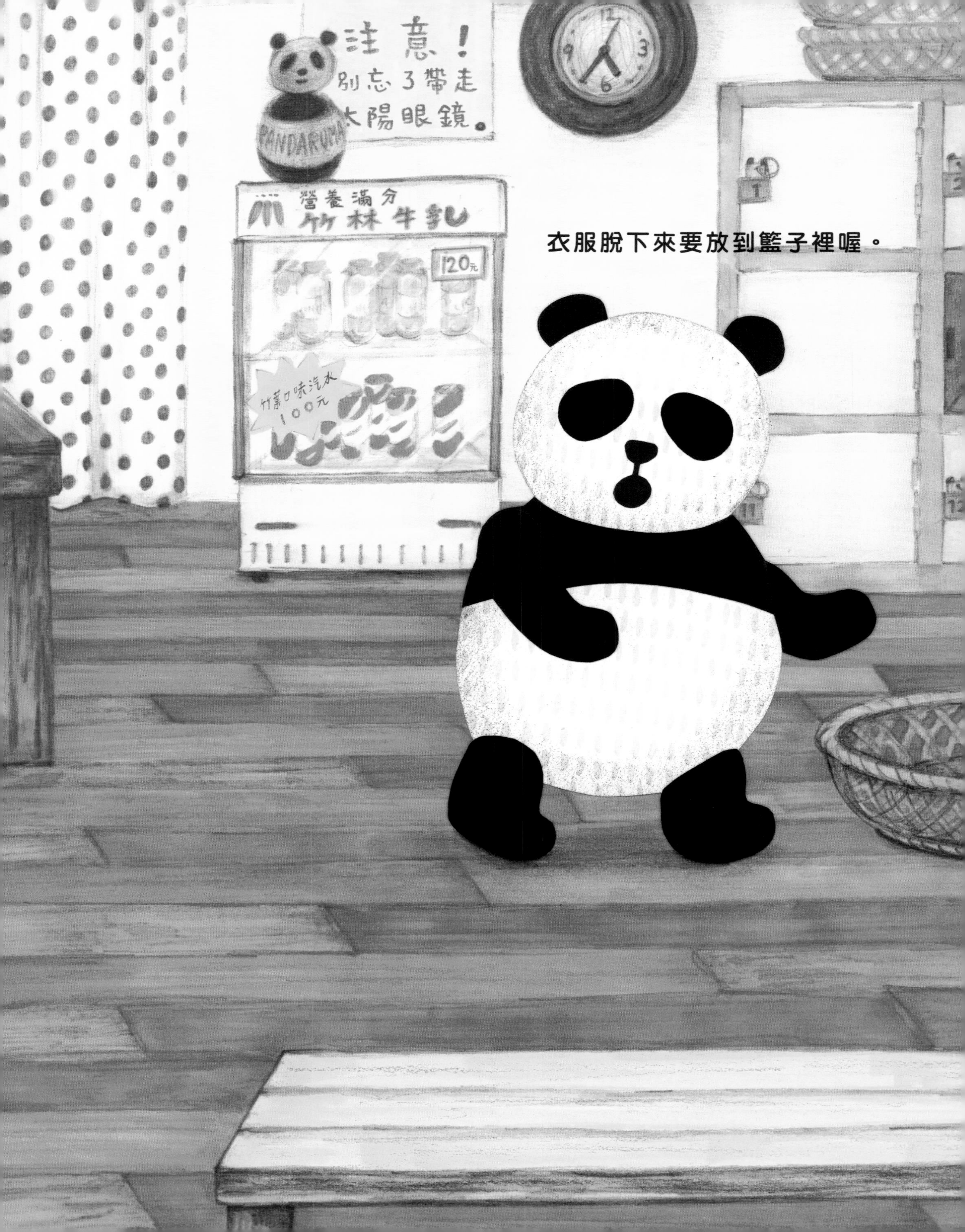
注意！
別忘了帶走
太陽眼鏡。
PANDARUMA
營養滿分
竹林牛乳
120元
竹葉口味汽水
100元

好。

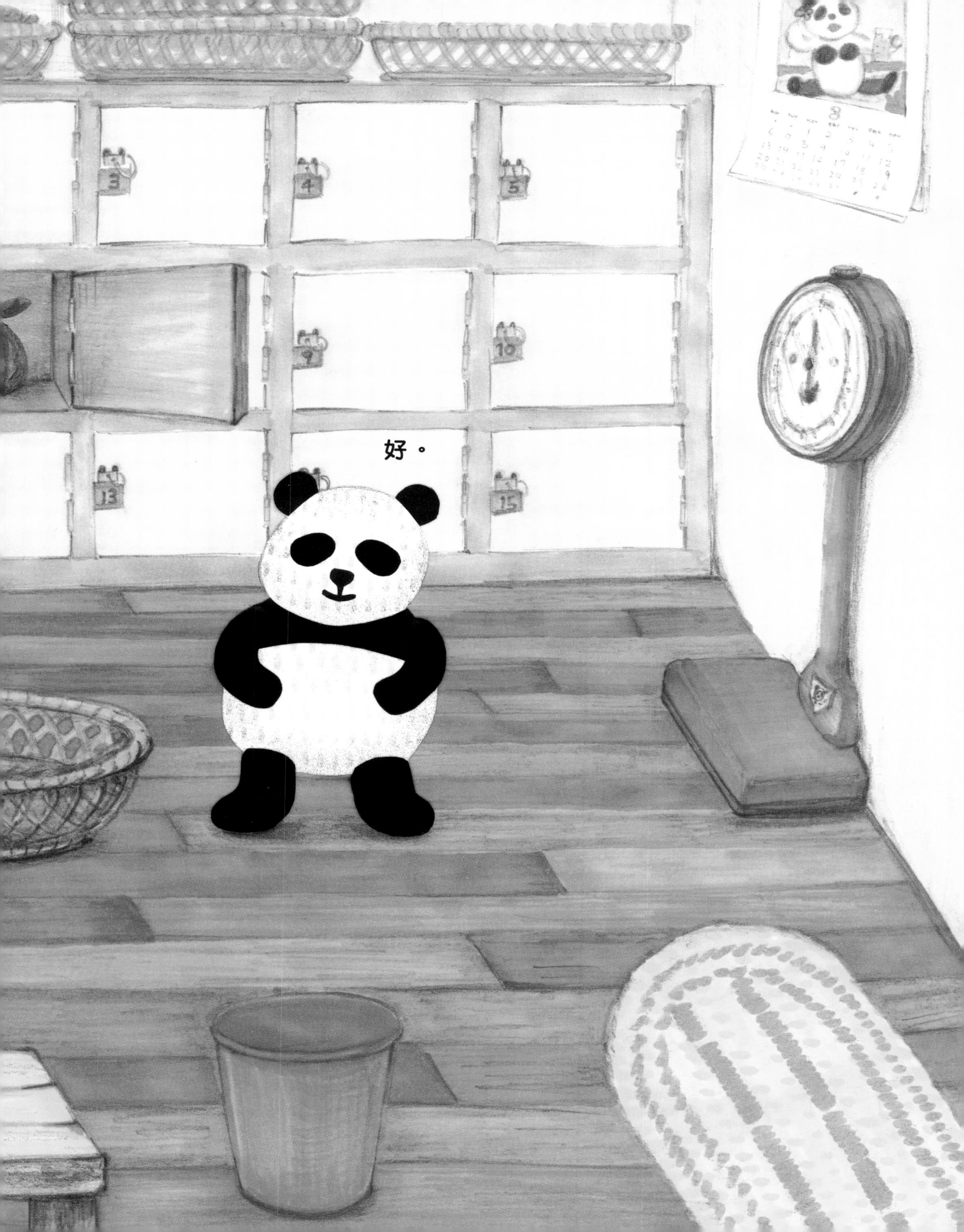
3
4
5
9
10
13
15

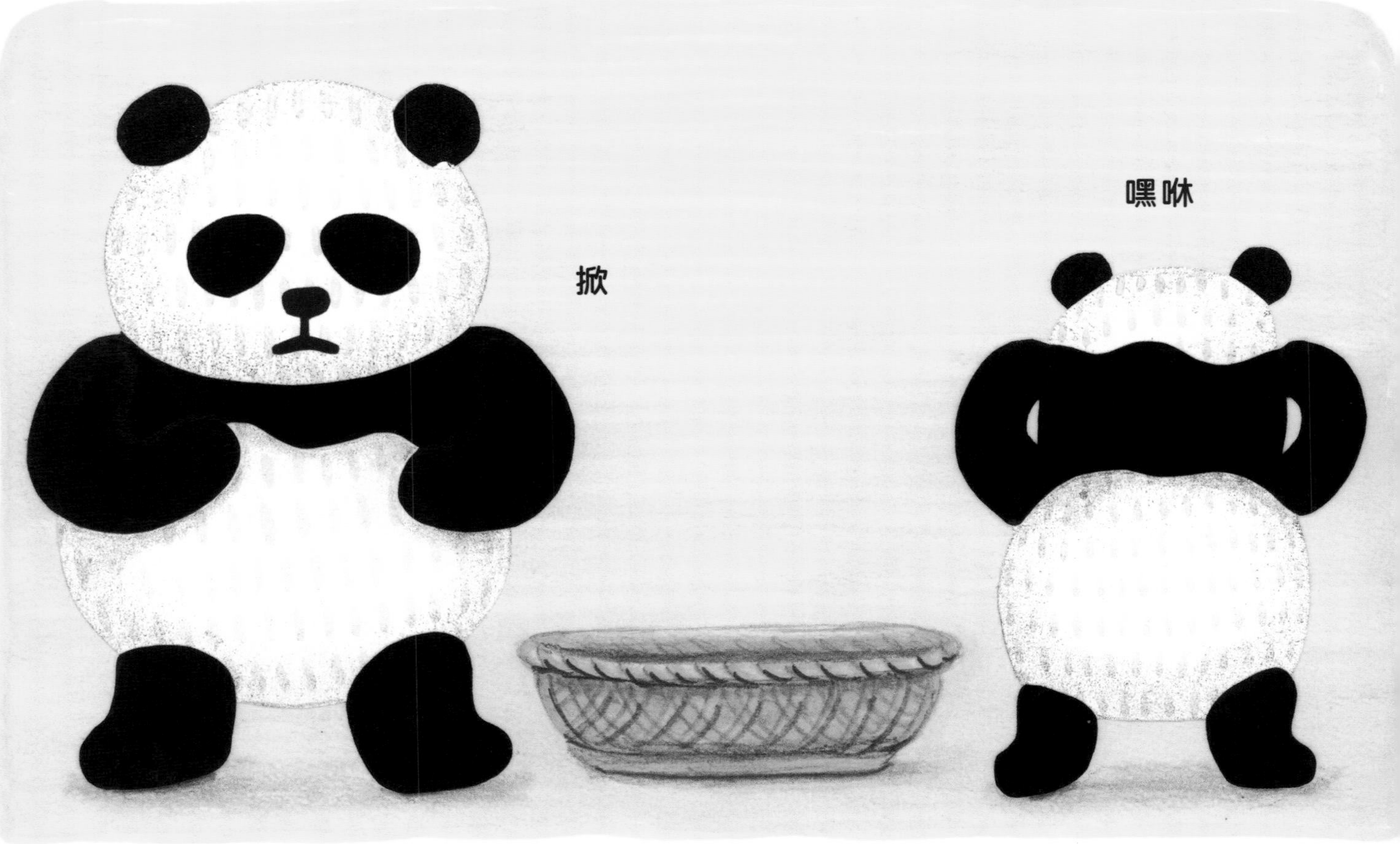
掀
嘿咻

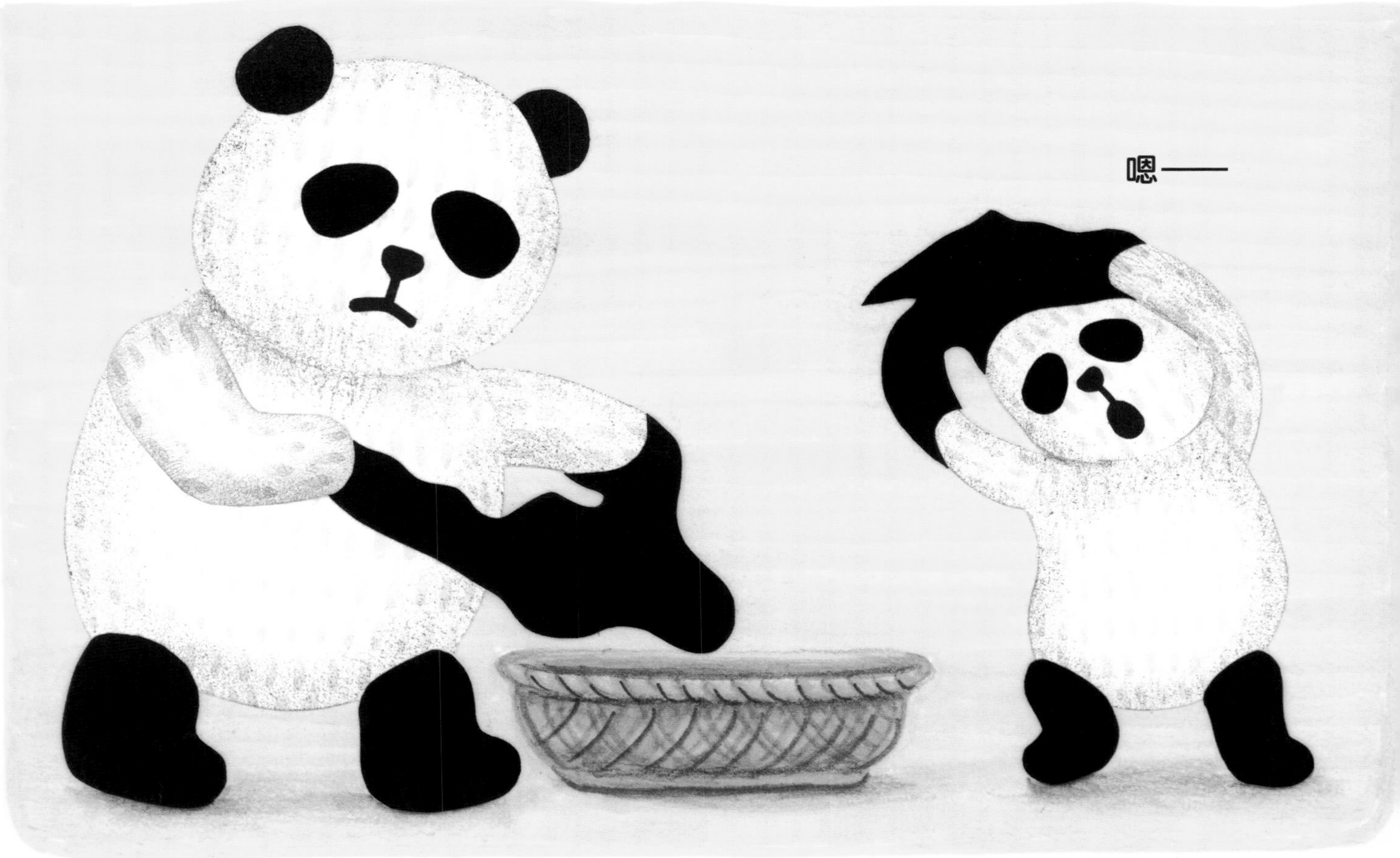
嗯——

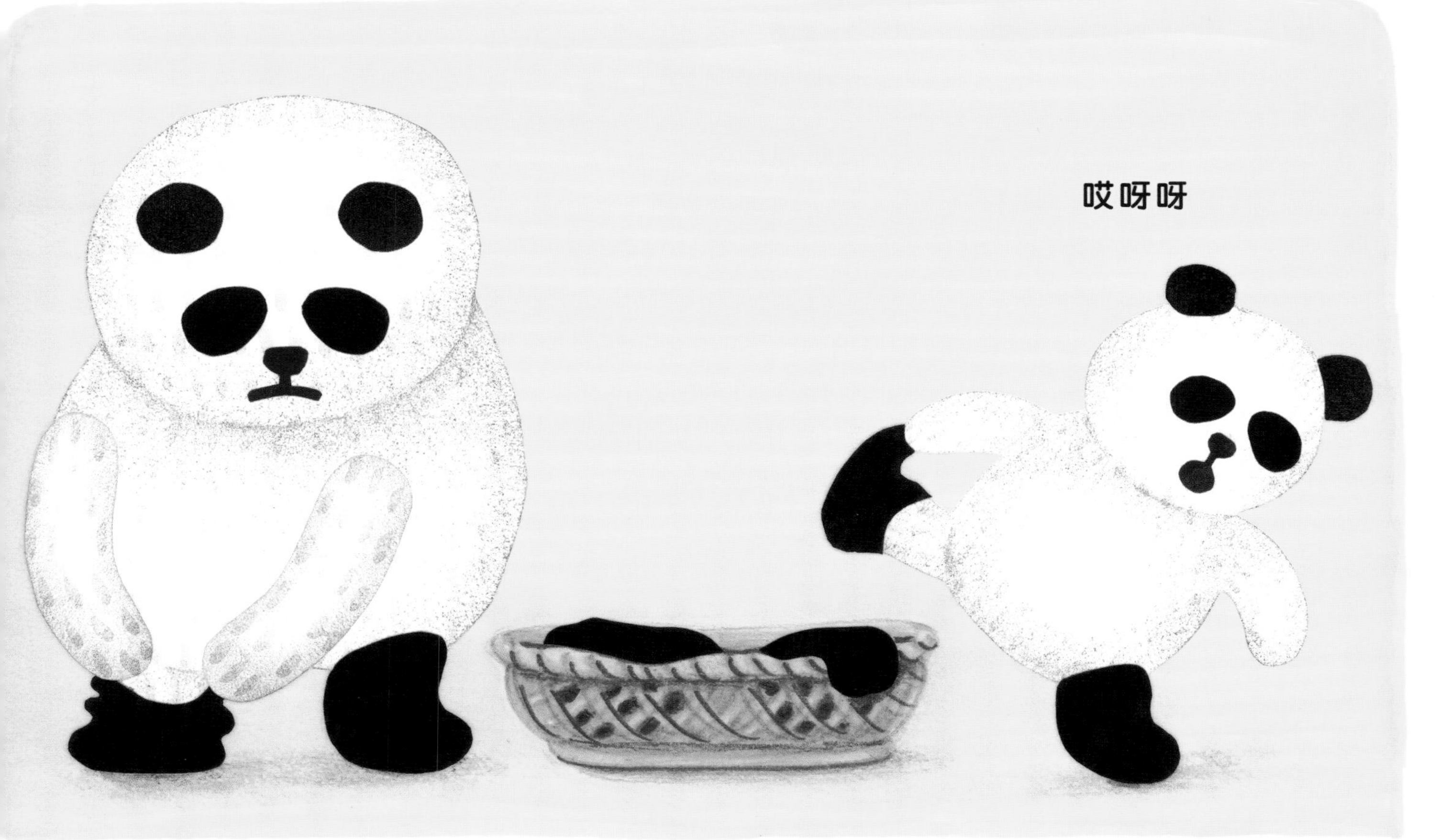
哎呀呀

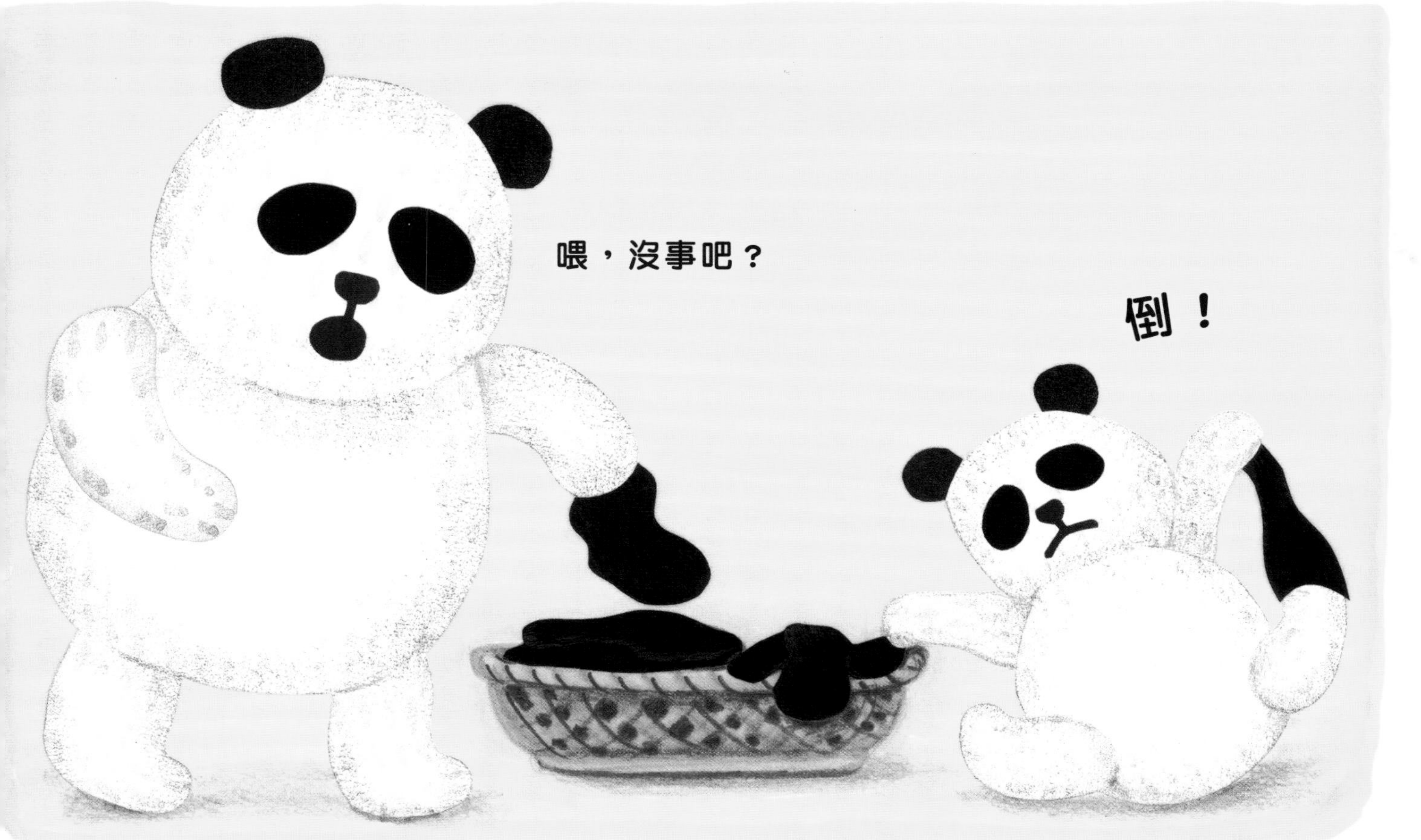
喂，沒事吧？
倒！

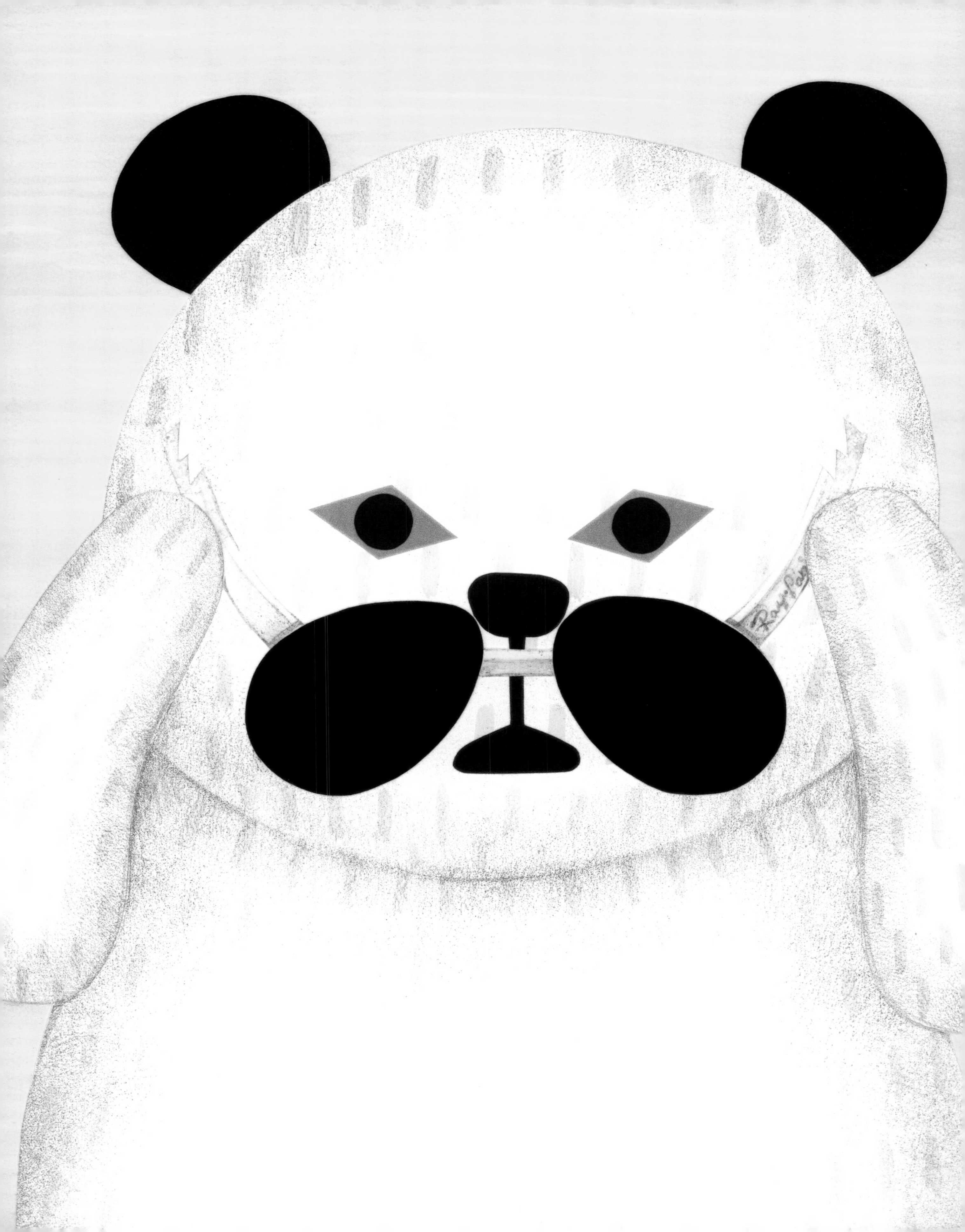

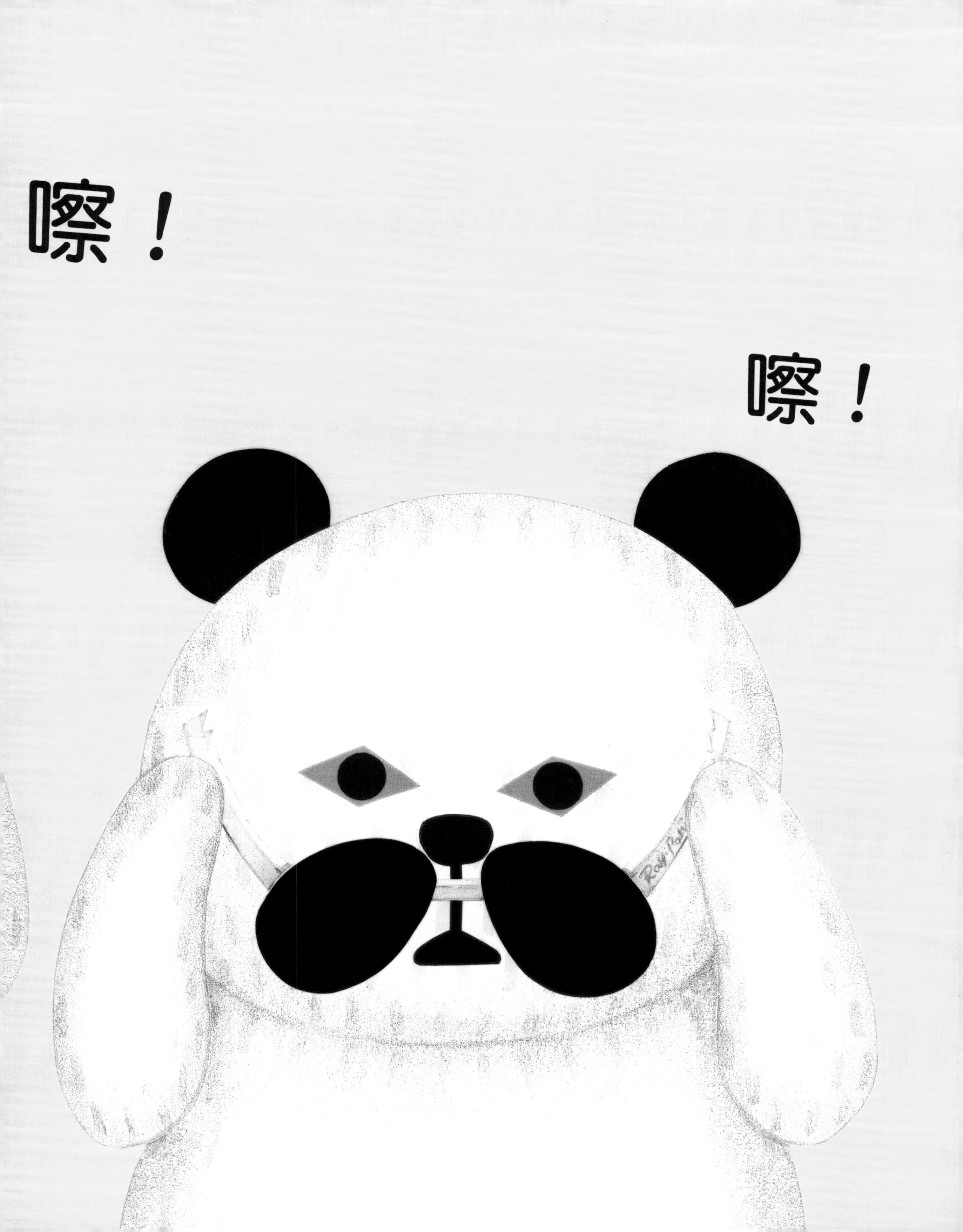
嚓！
嚓！

好啦，進去吧！

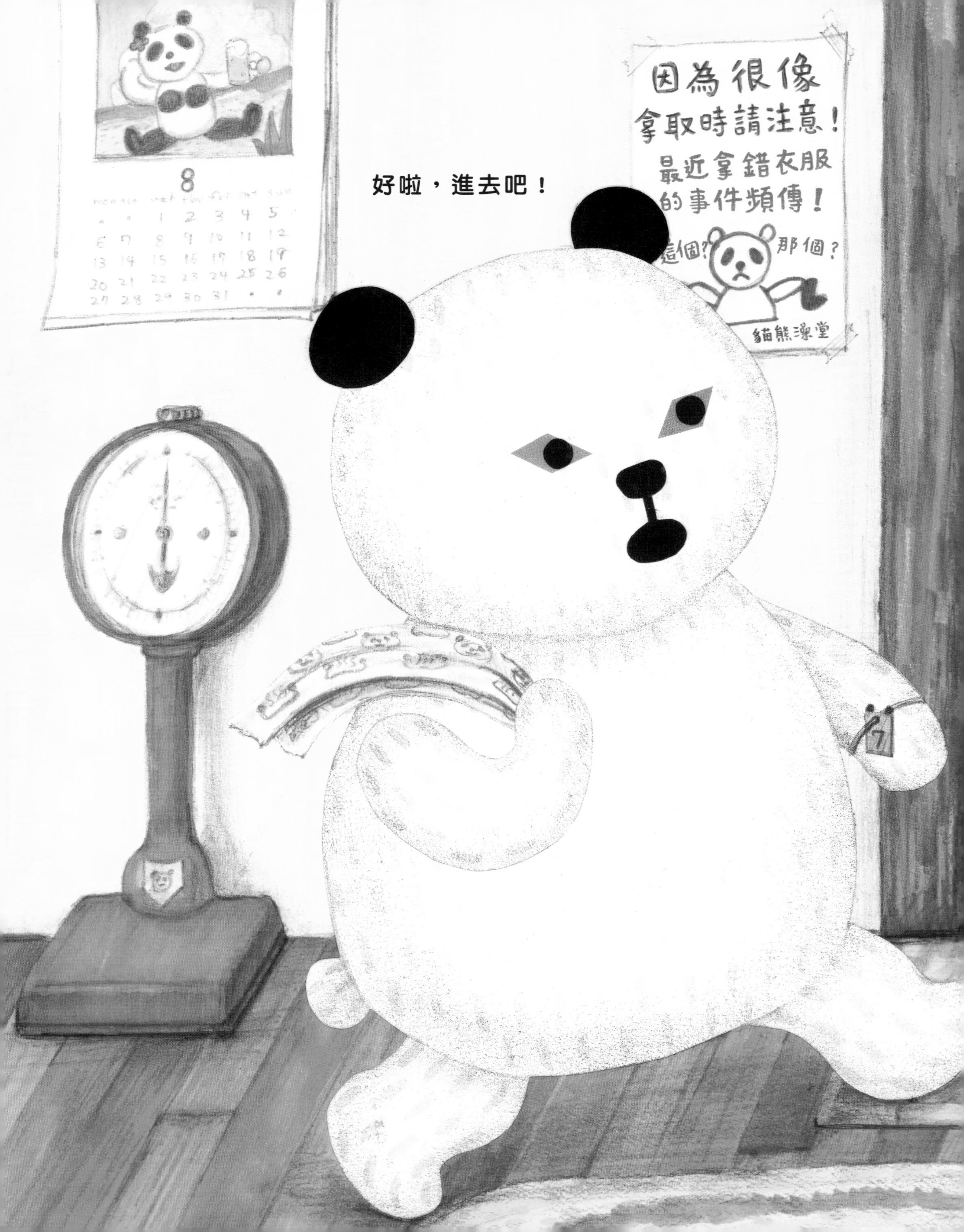
因為很像
拿取時請注意！
最近拿錯衣服
的事件頻傳！
這個？
那個？
貓熊澡堂

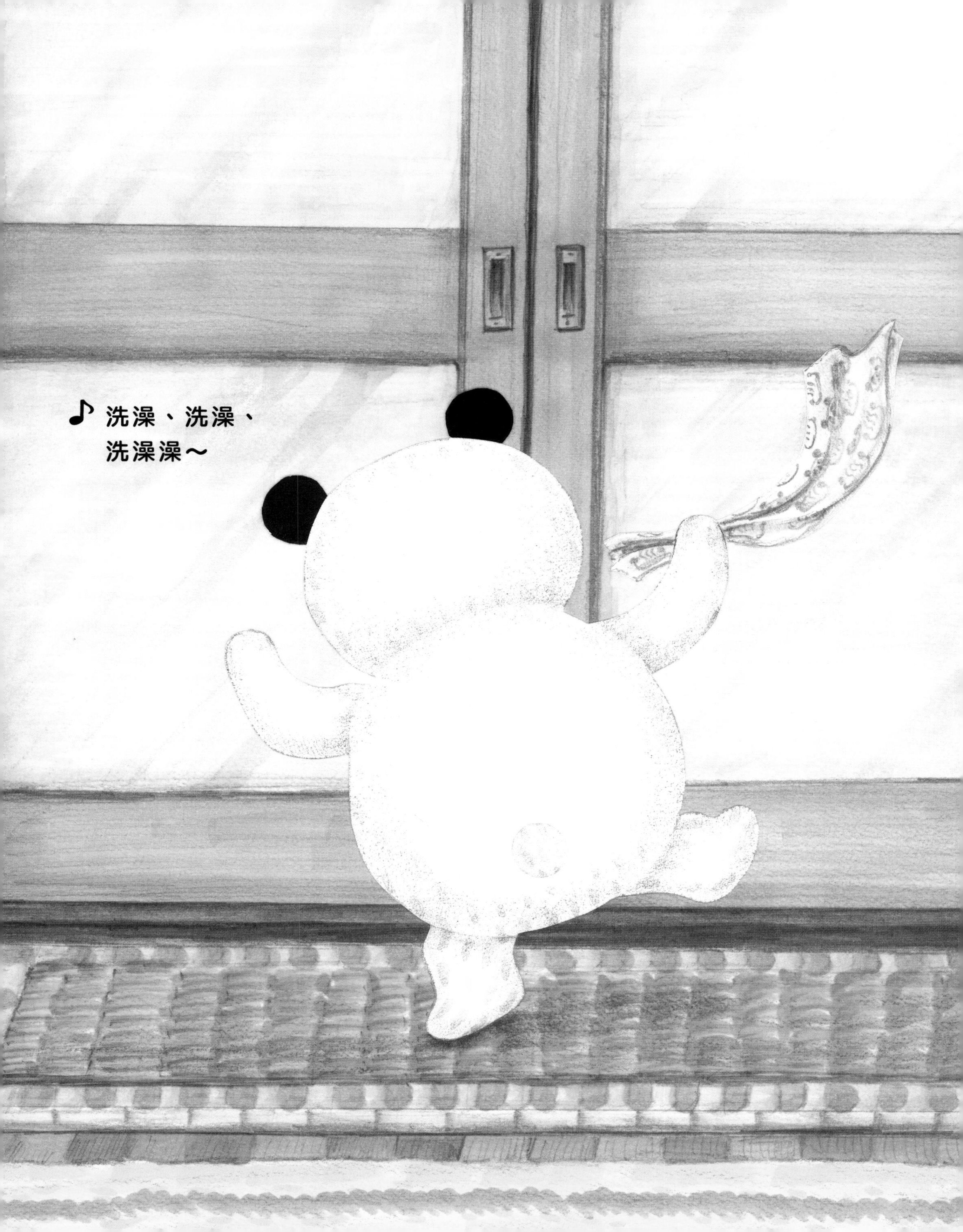

♪ 洗澡、洗澡、
洗澡澡～

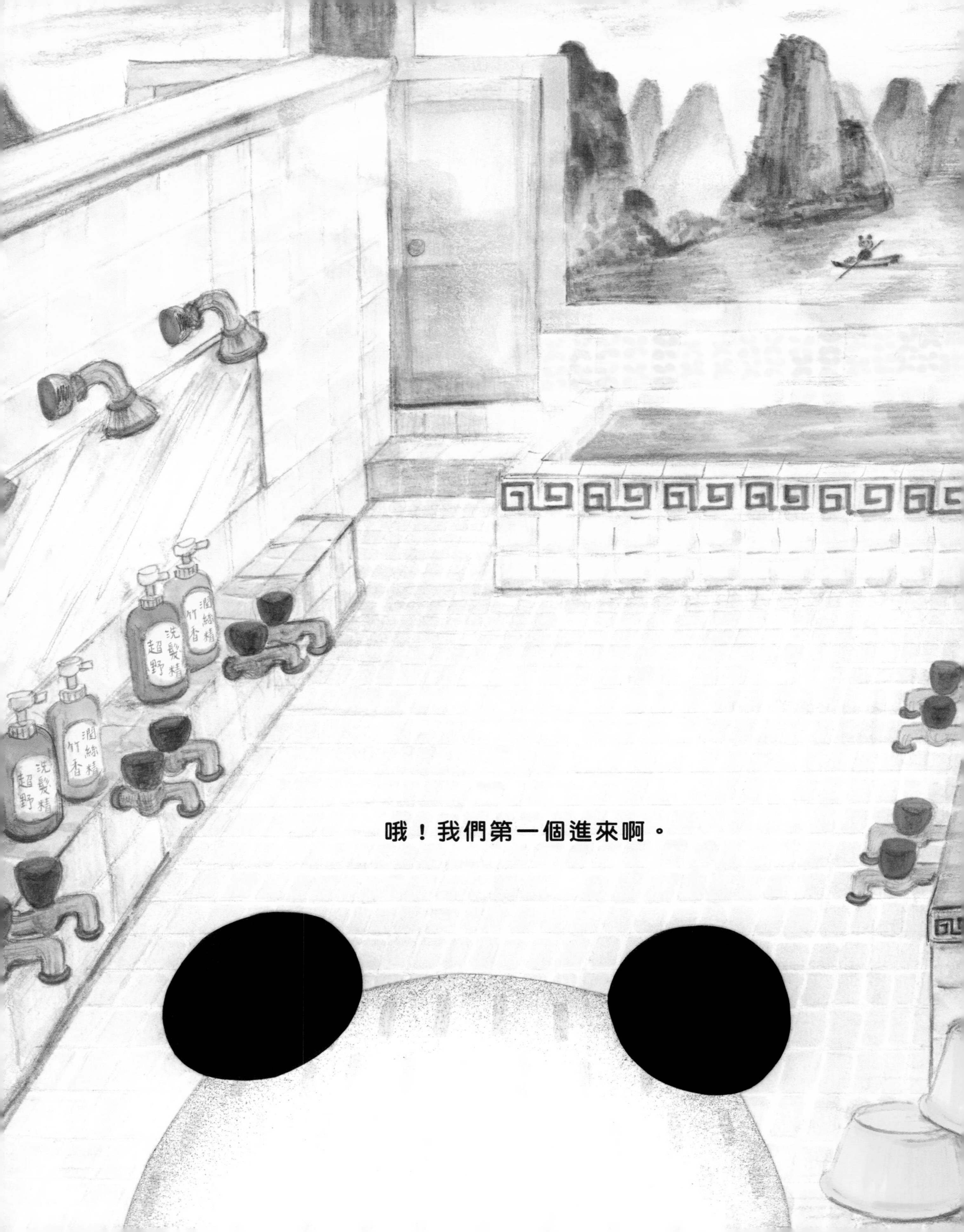

洗髮精 超野
潤絲精 竹香

哦！我們第一個進來啊。

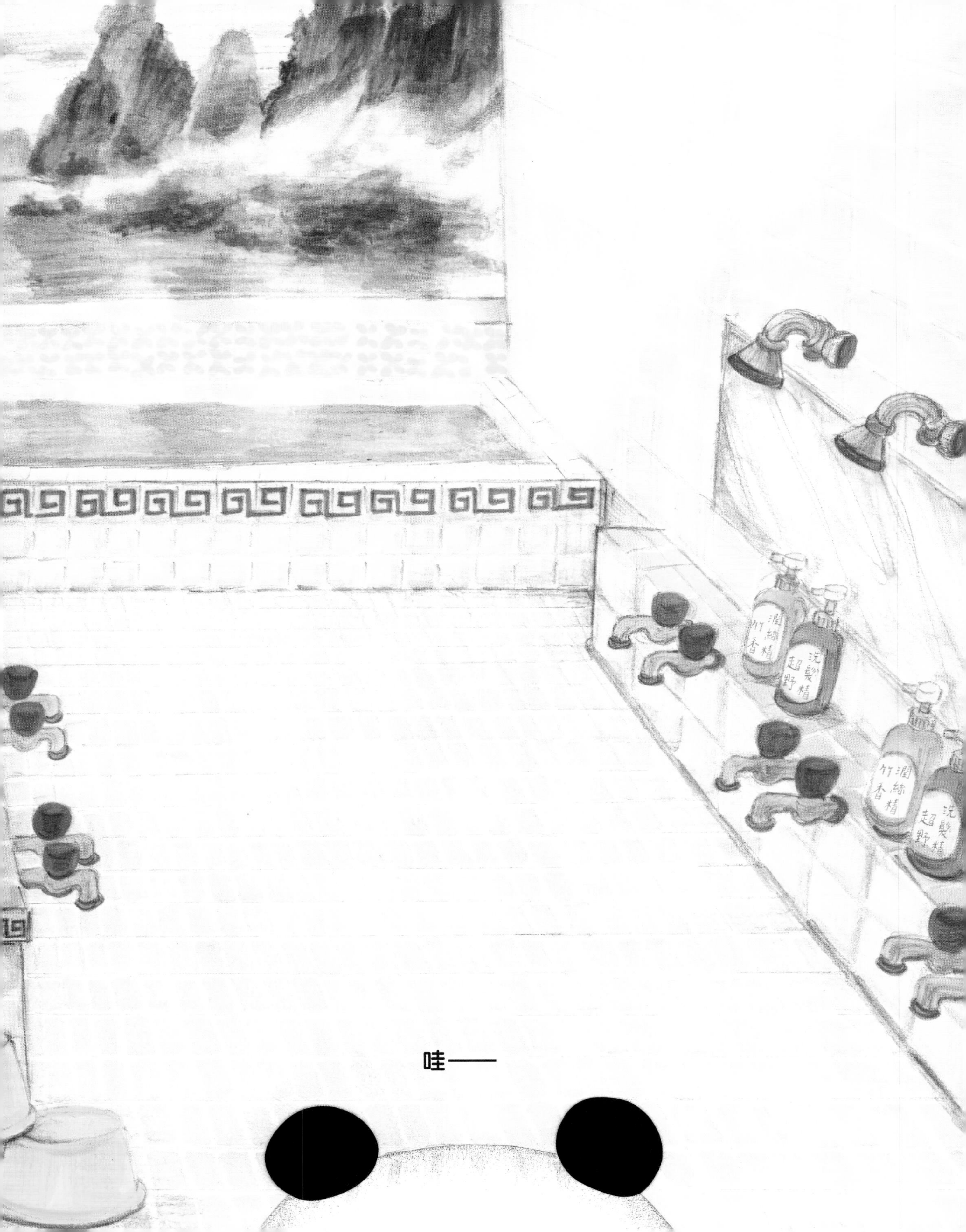
潤絲精 竹香
洗髮精 超野
潤絲精 竹香
洗髮精 超野

哇——

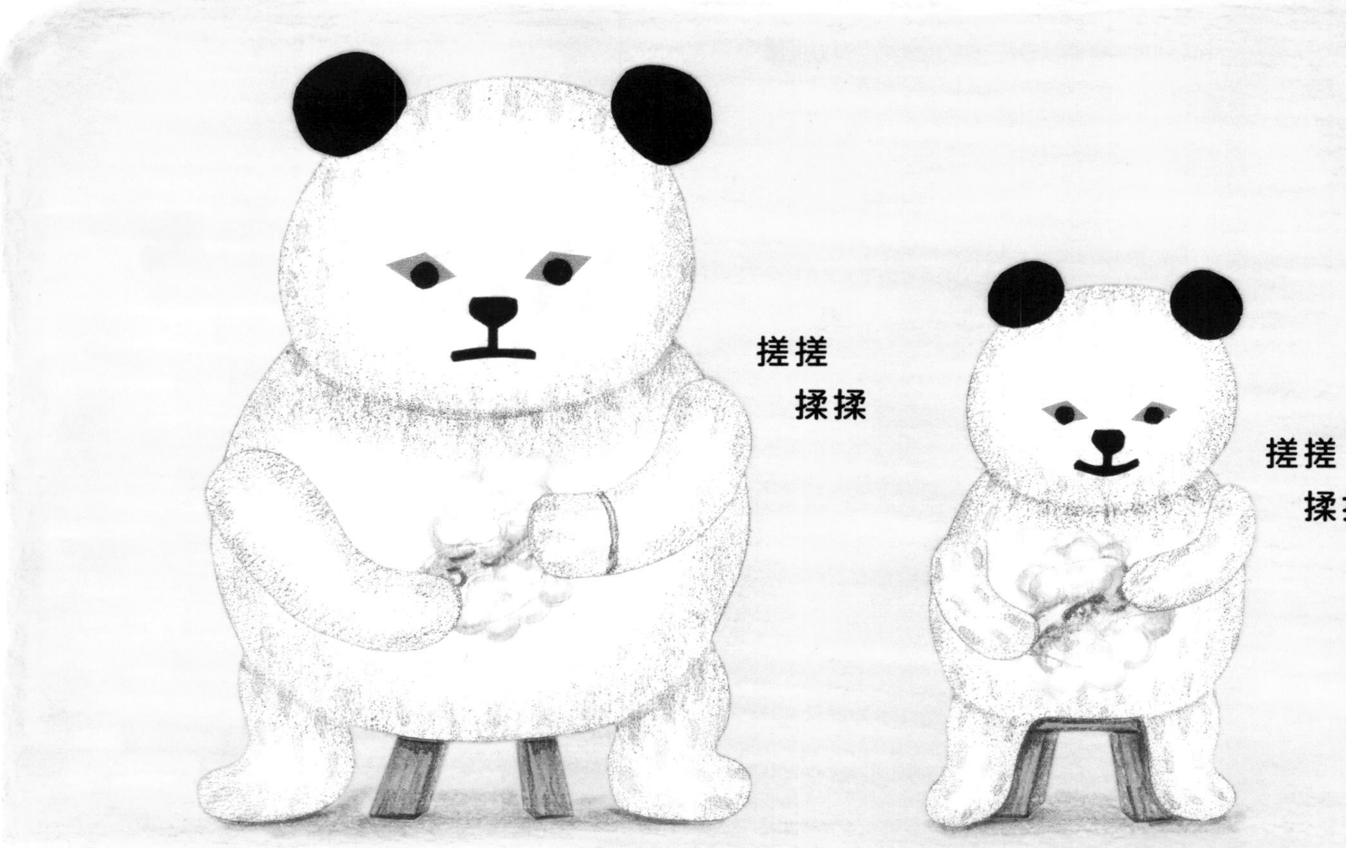
搓搓
揉揉
搓搓
揉揉

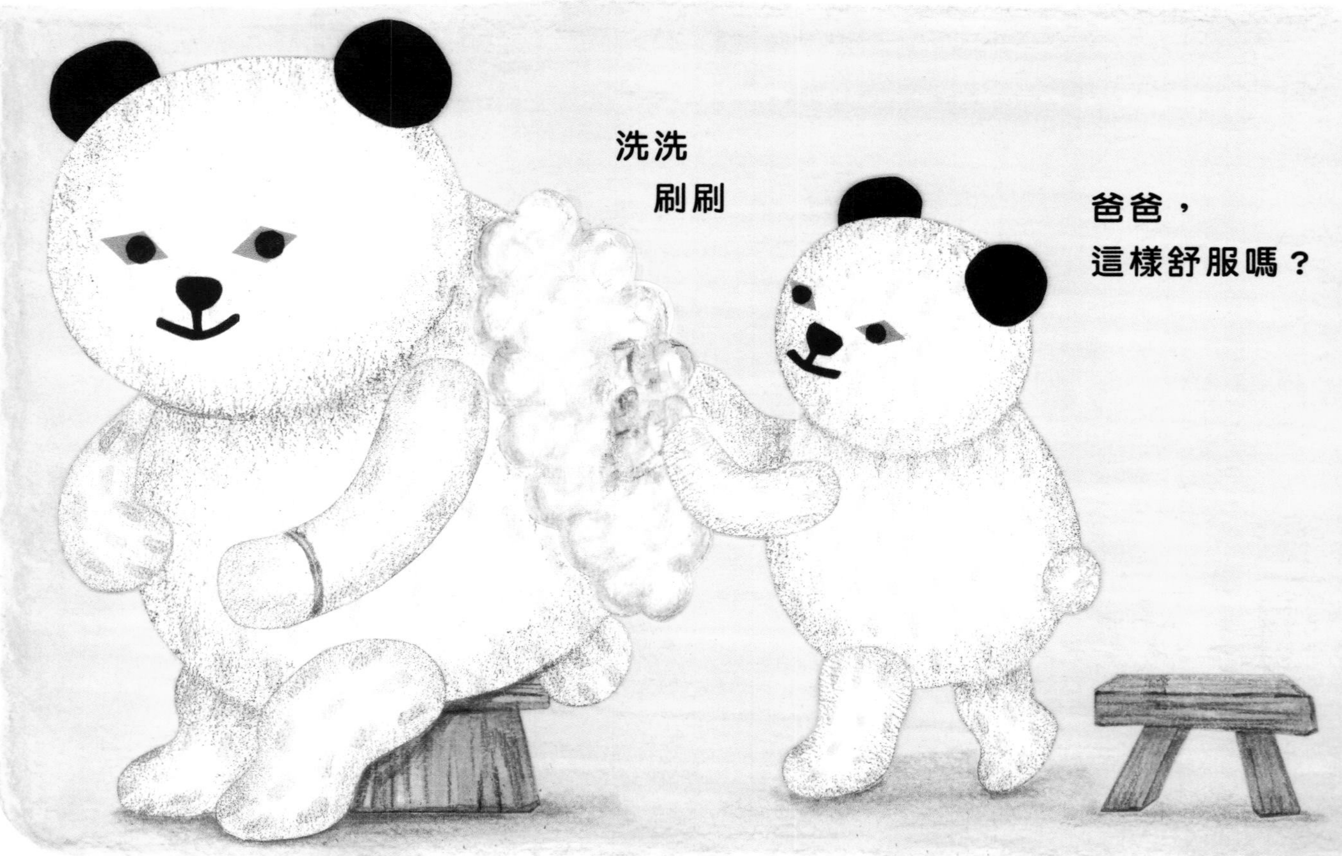
洗洗
刷刷
爸爸，
這樣舒服嗎？

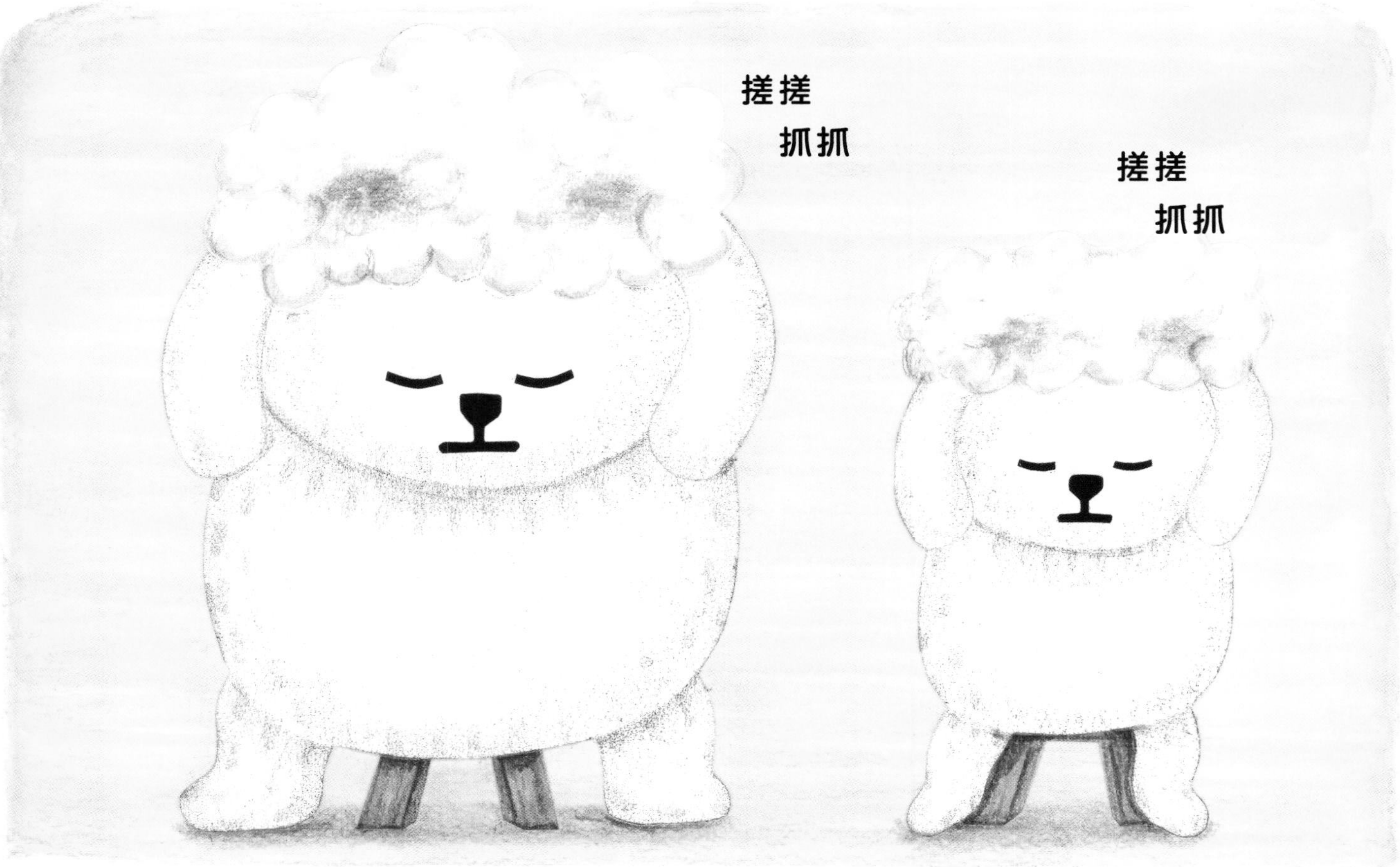
搓搓
抓抓
搓搓
抓抓

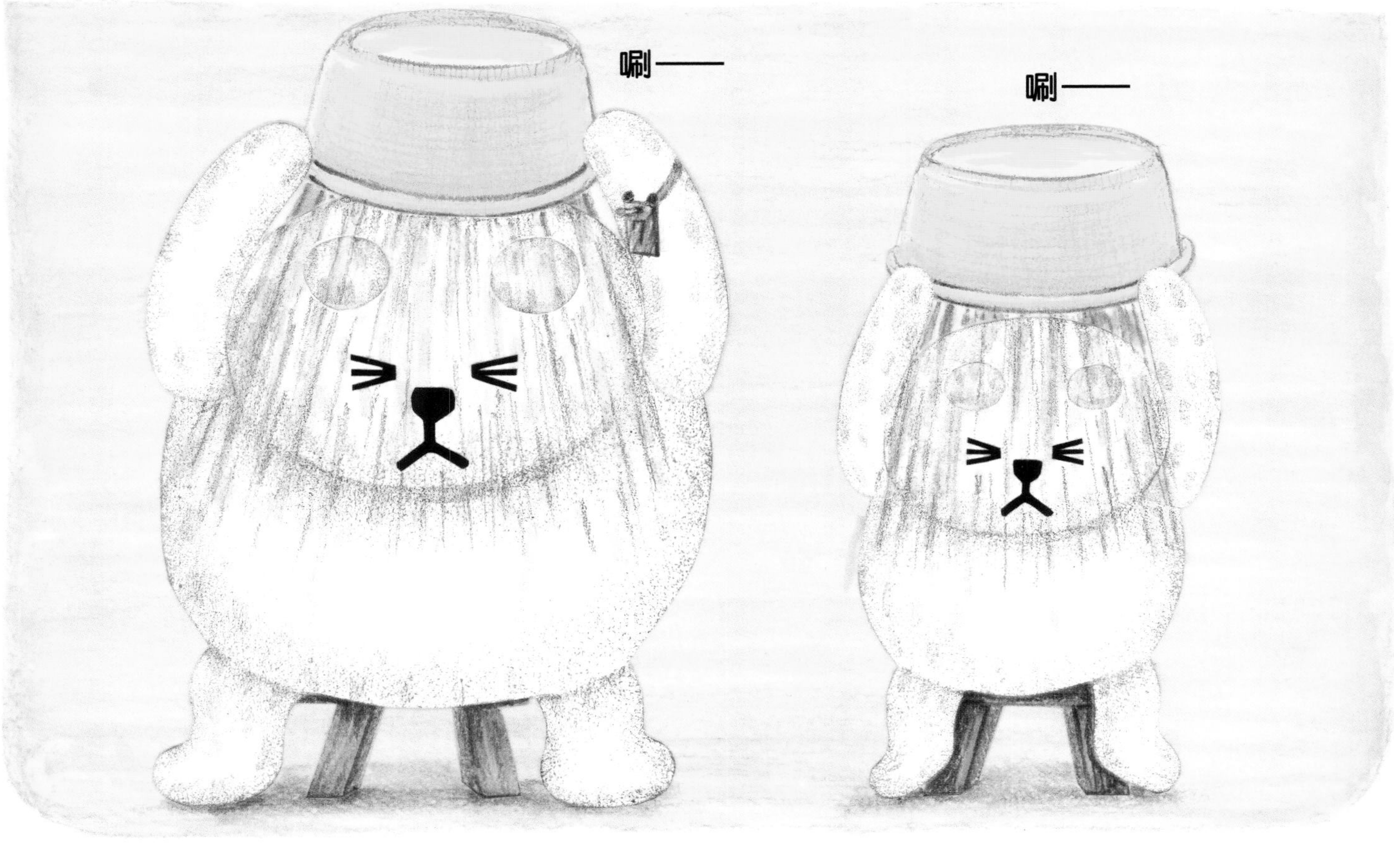
唰——
唰——

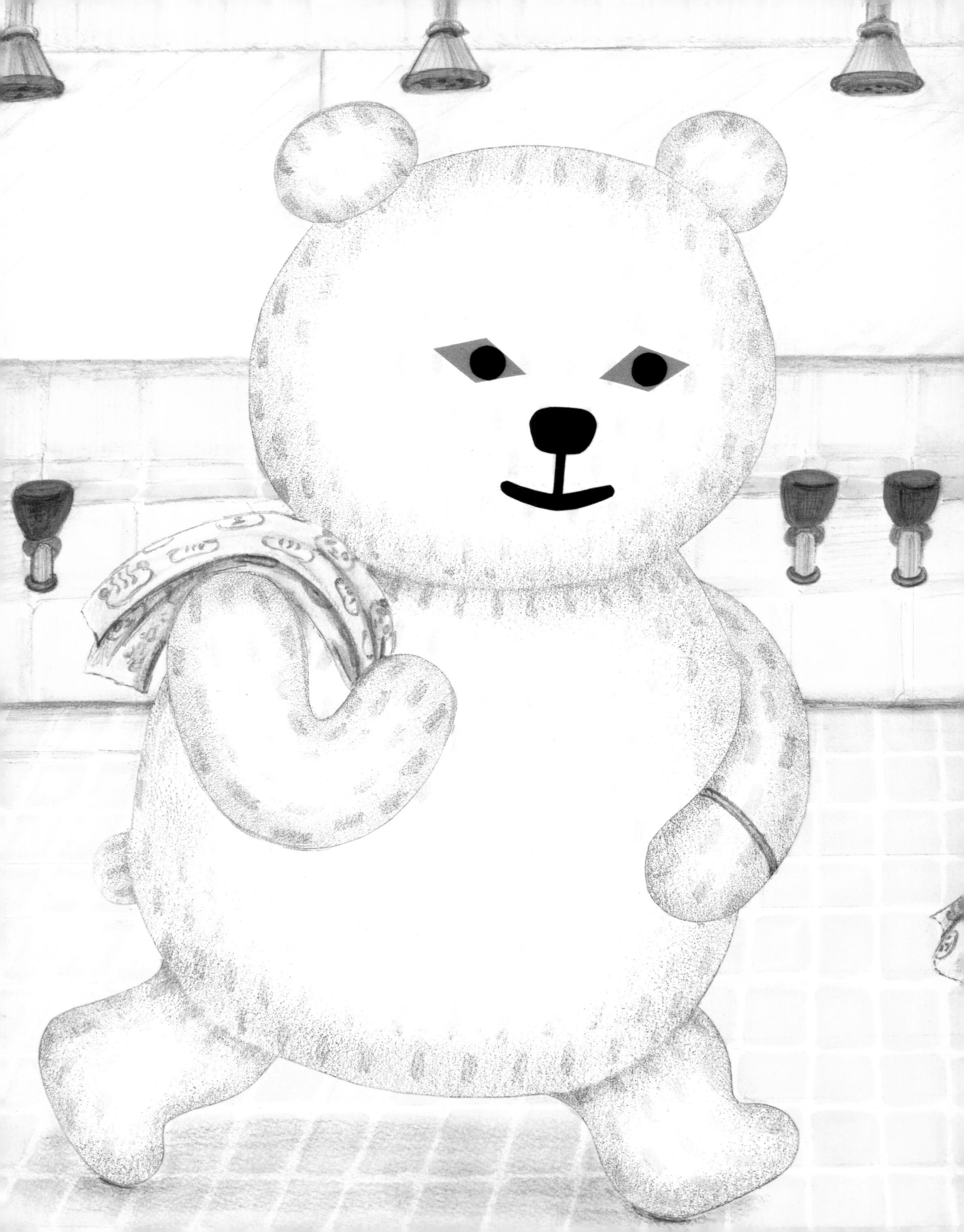

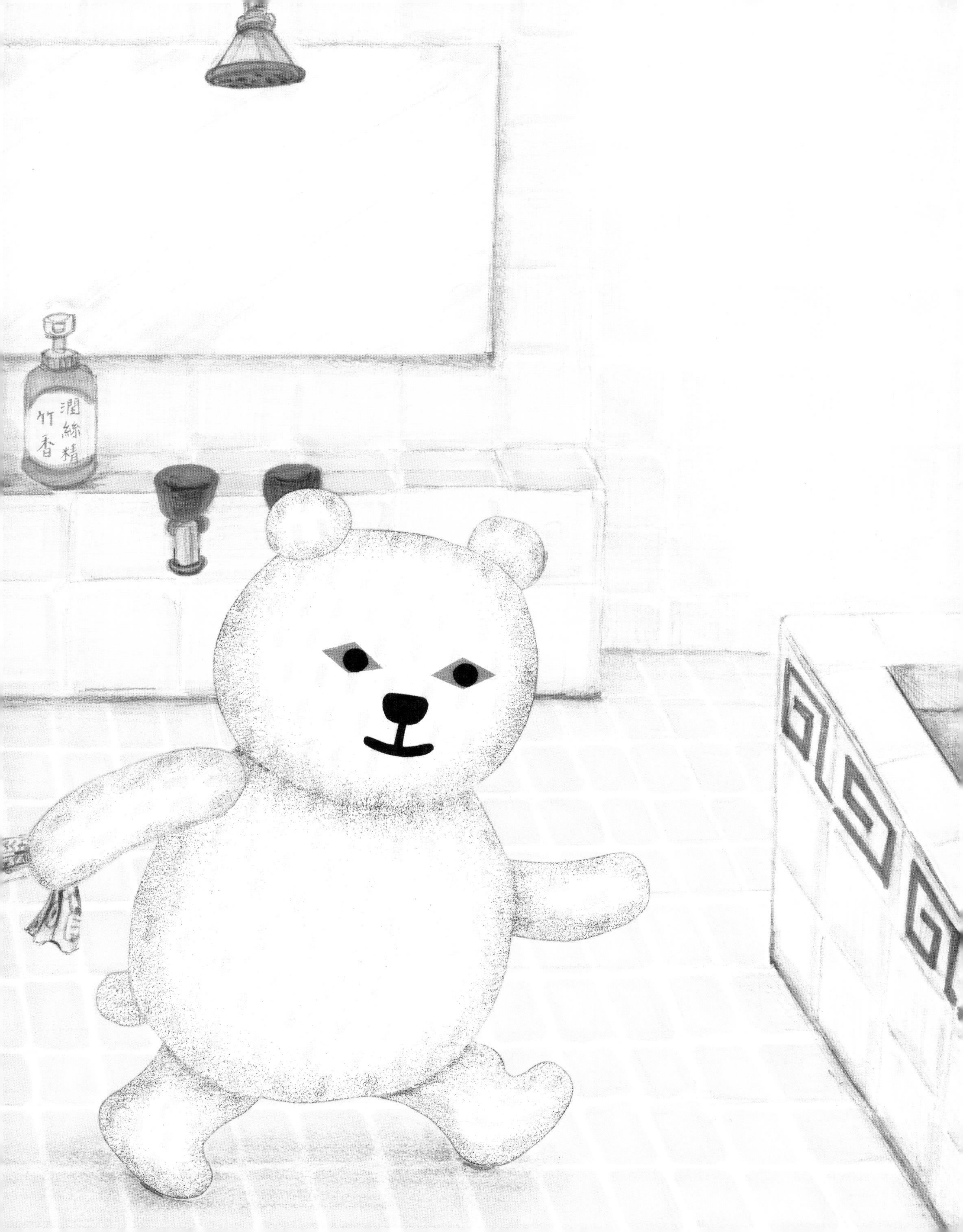
潤絲精
竹香

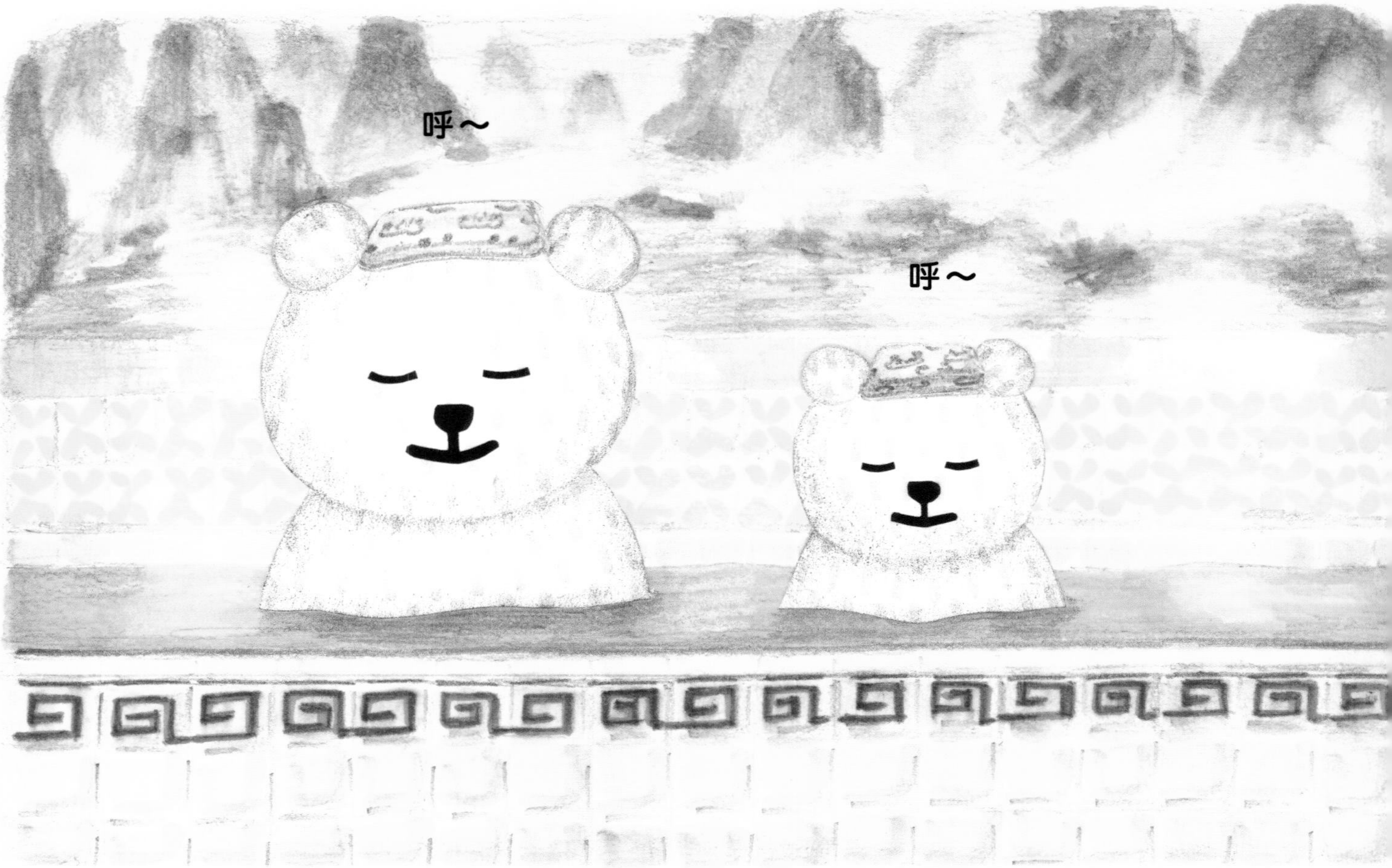
呼～
呼～

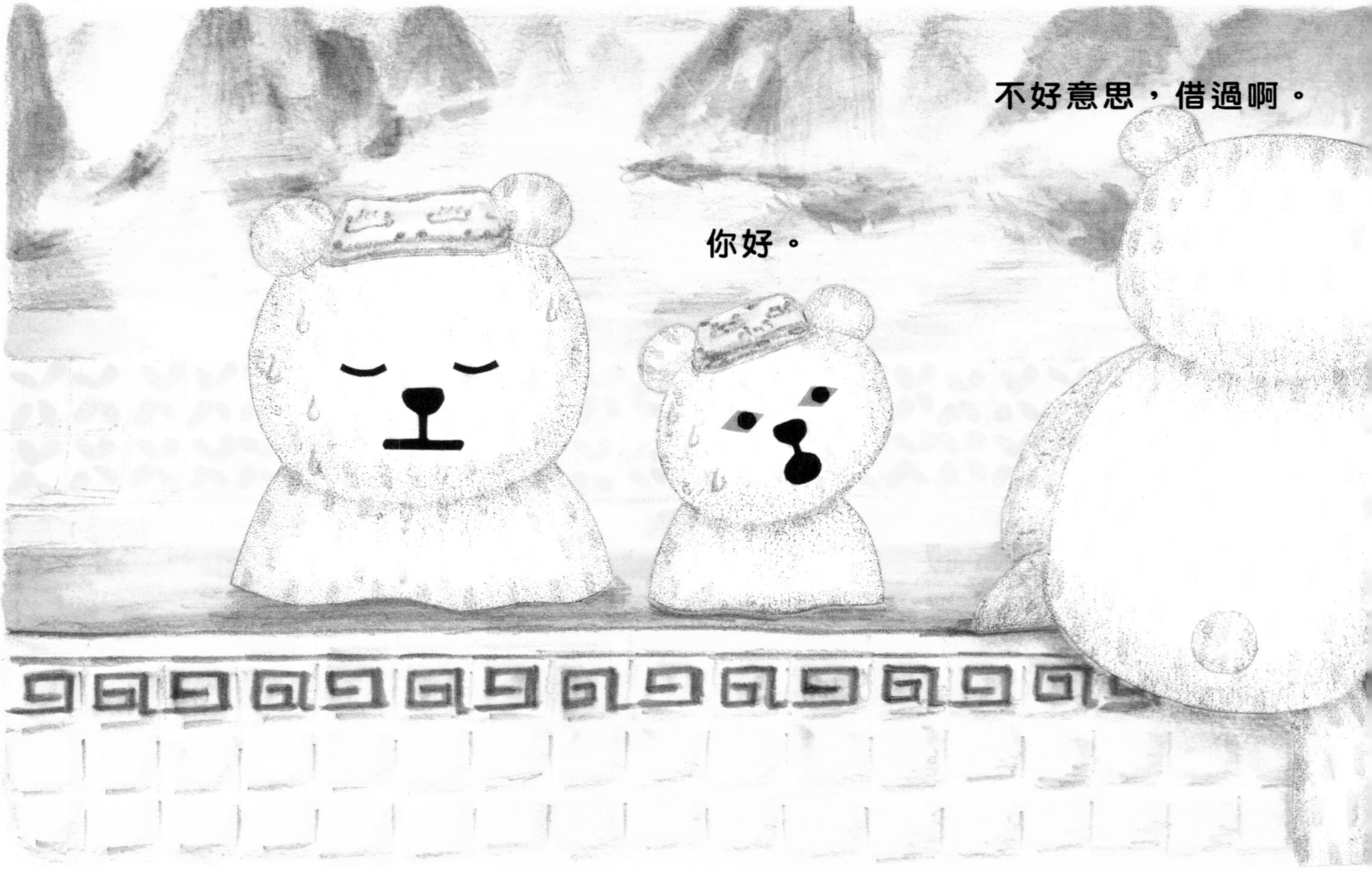
不好意思，借過啊。
你好。

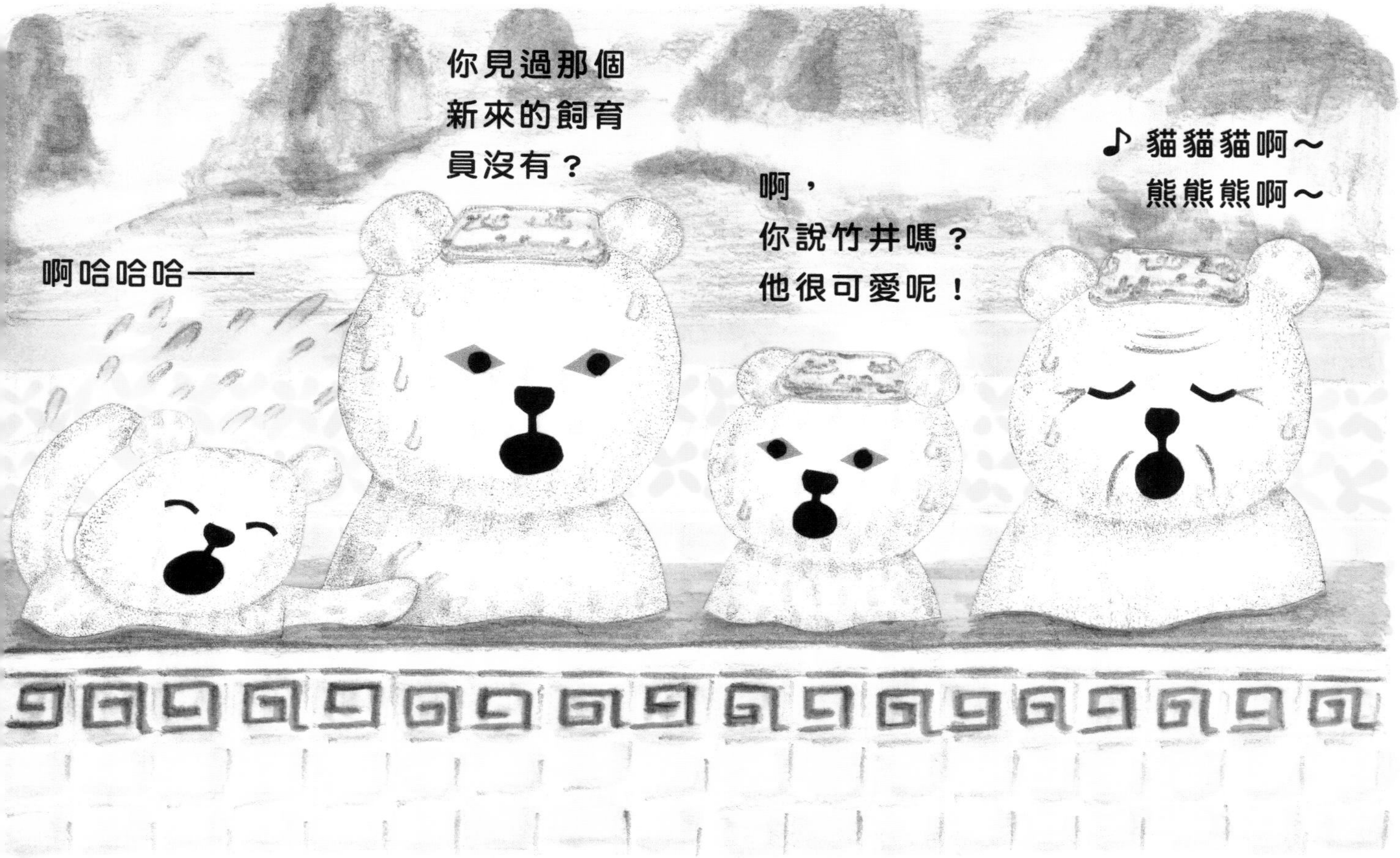

啊哈哈哈——
你見過那個
新來的飼育
員沒有？
啊，
你說竹井嗎？
他很可愛呢！
♪ 貓貓貓啊～
熊熊熊啊～

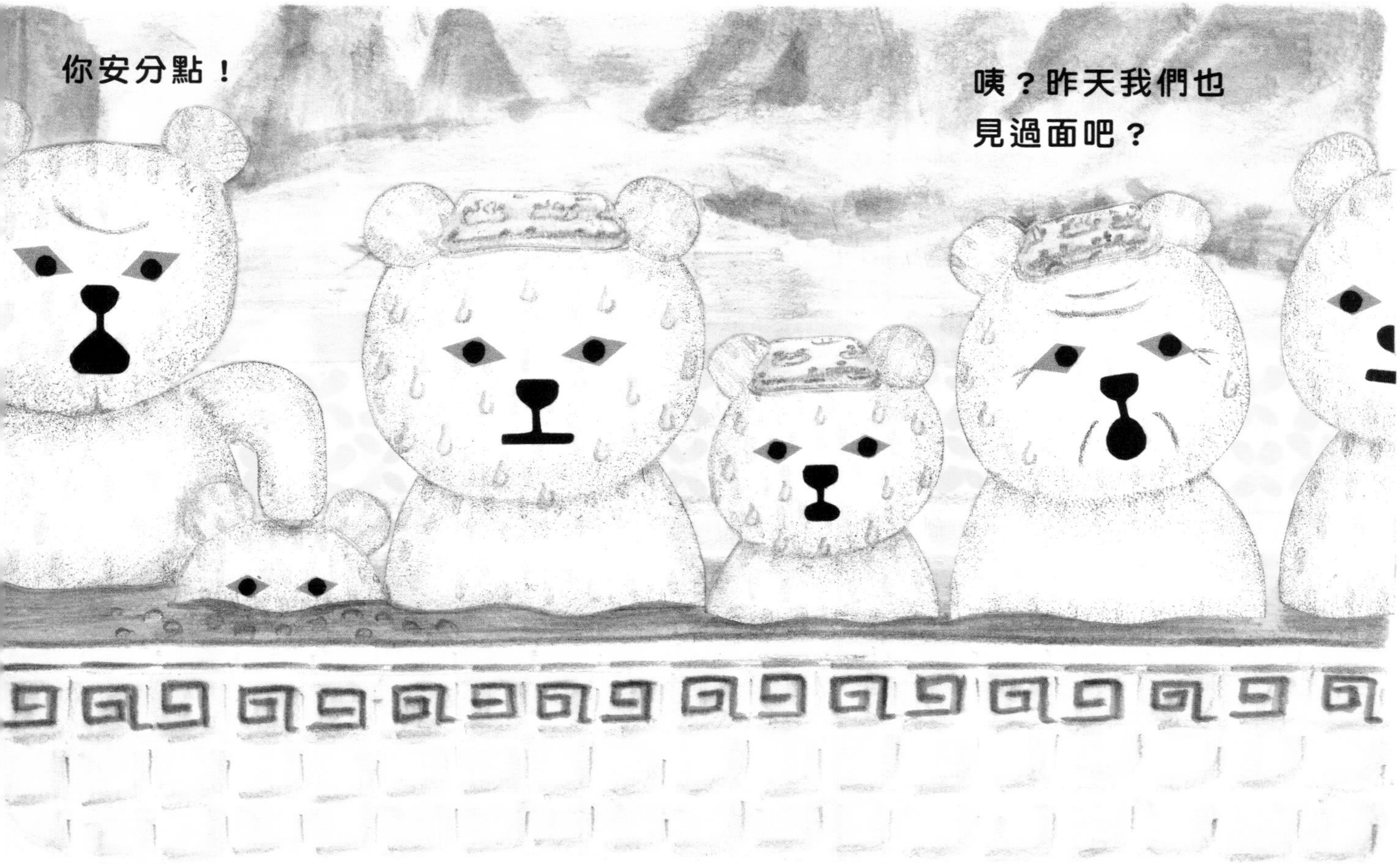

你安分點！
咦？昨天我們也
見過面吧？

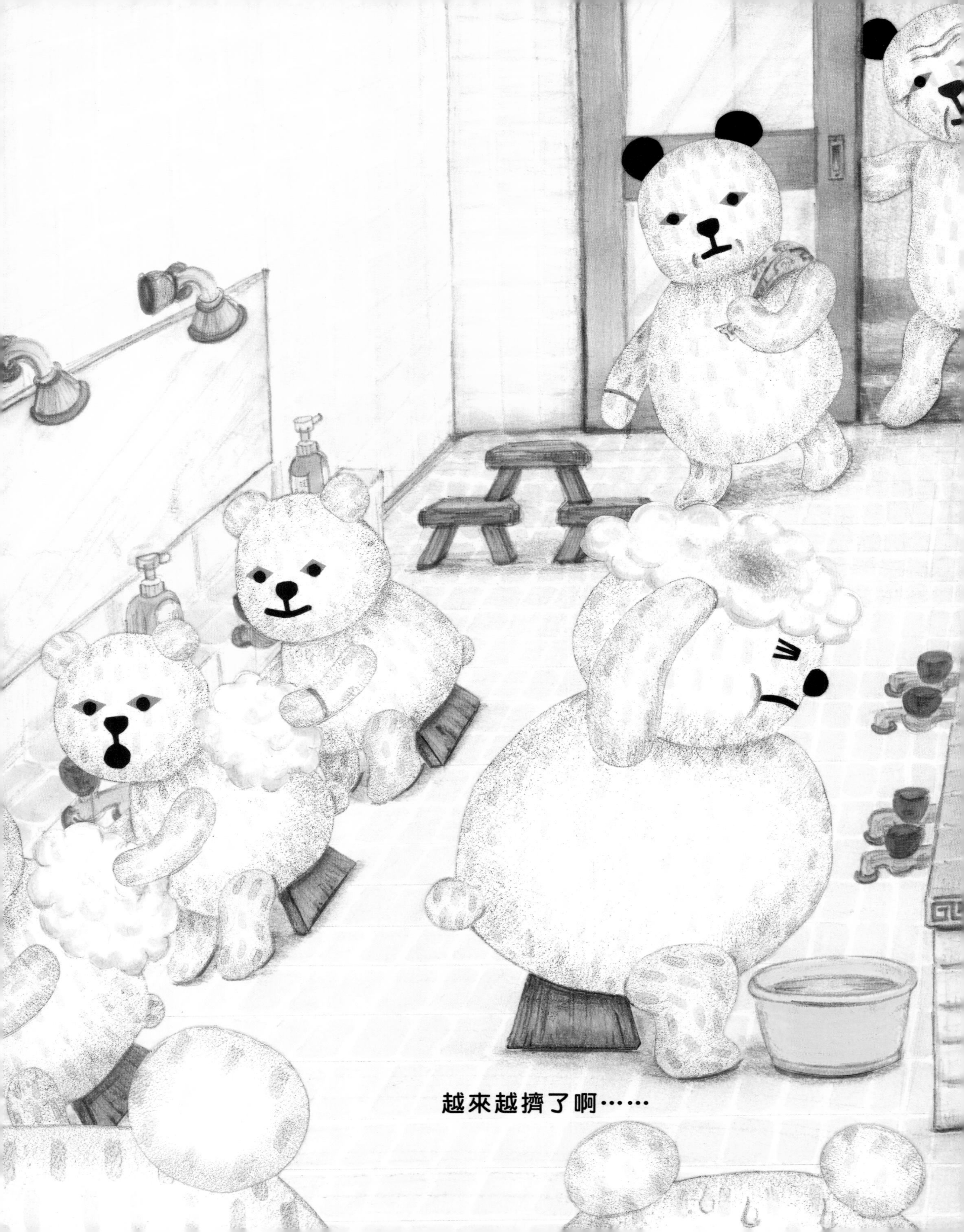
越來越擠了啊……

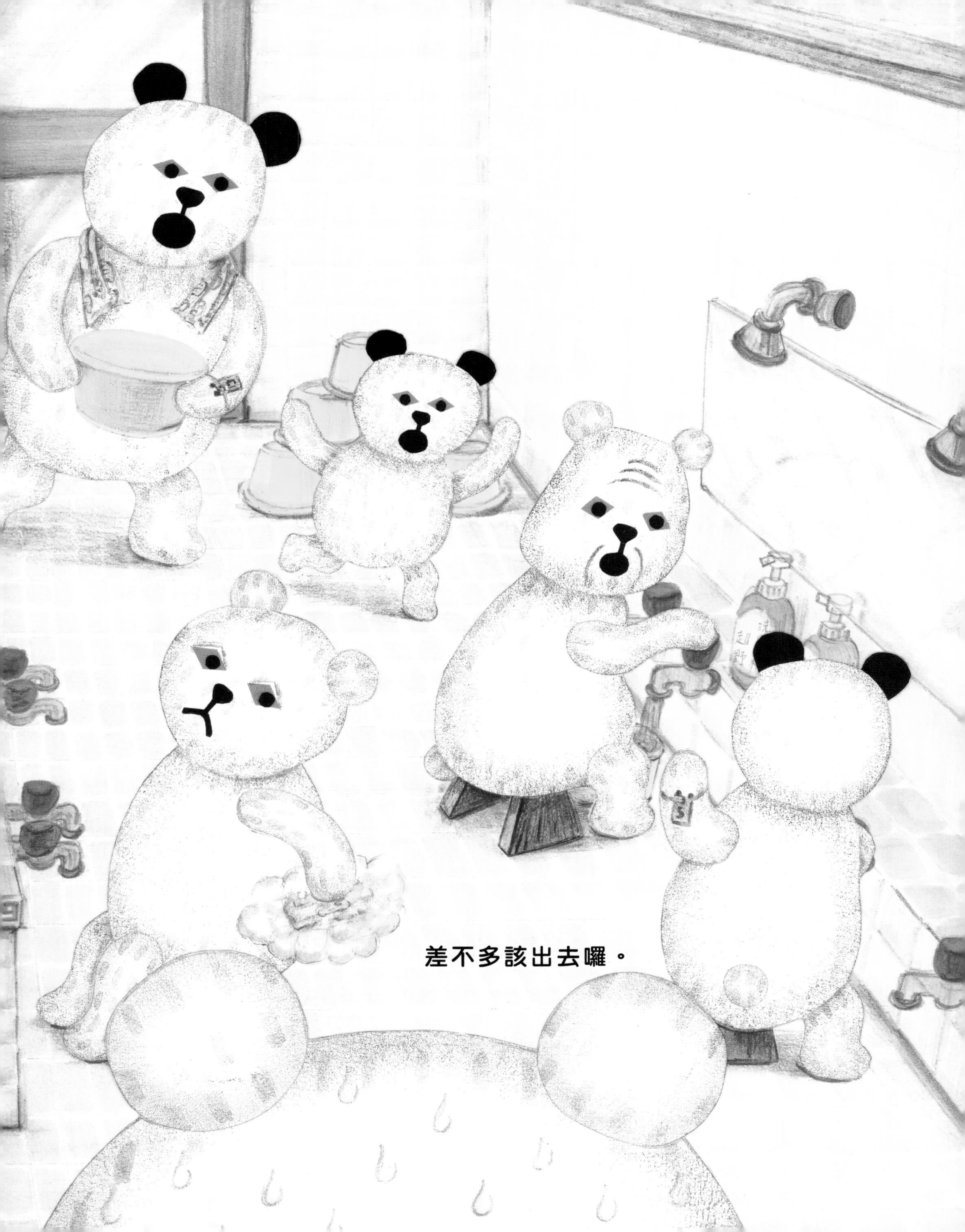

差不多該出去囉。

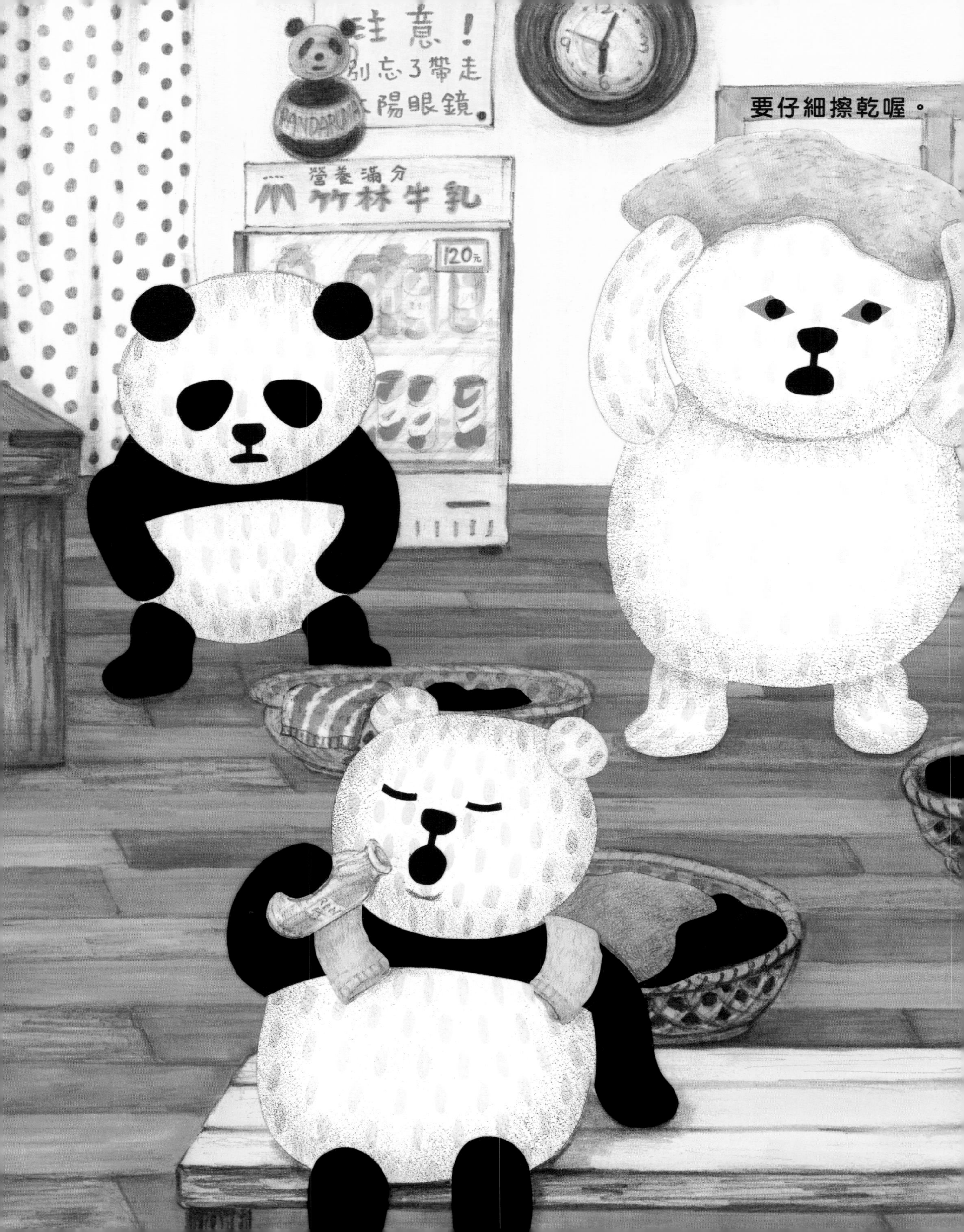
營養滿分
竹林牛乳
120元
別忘了帶走

要仔細擦乾喔。

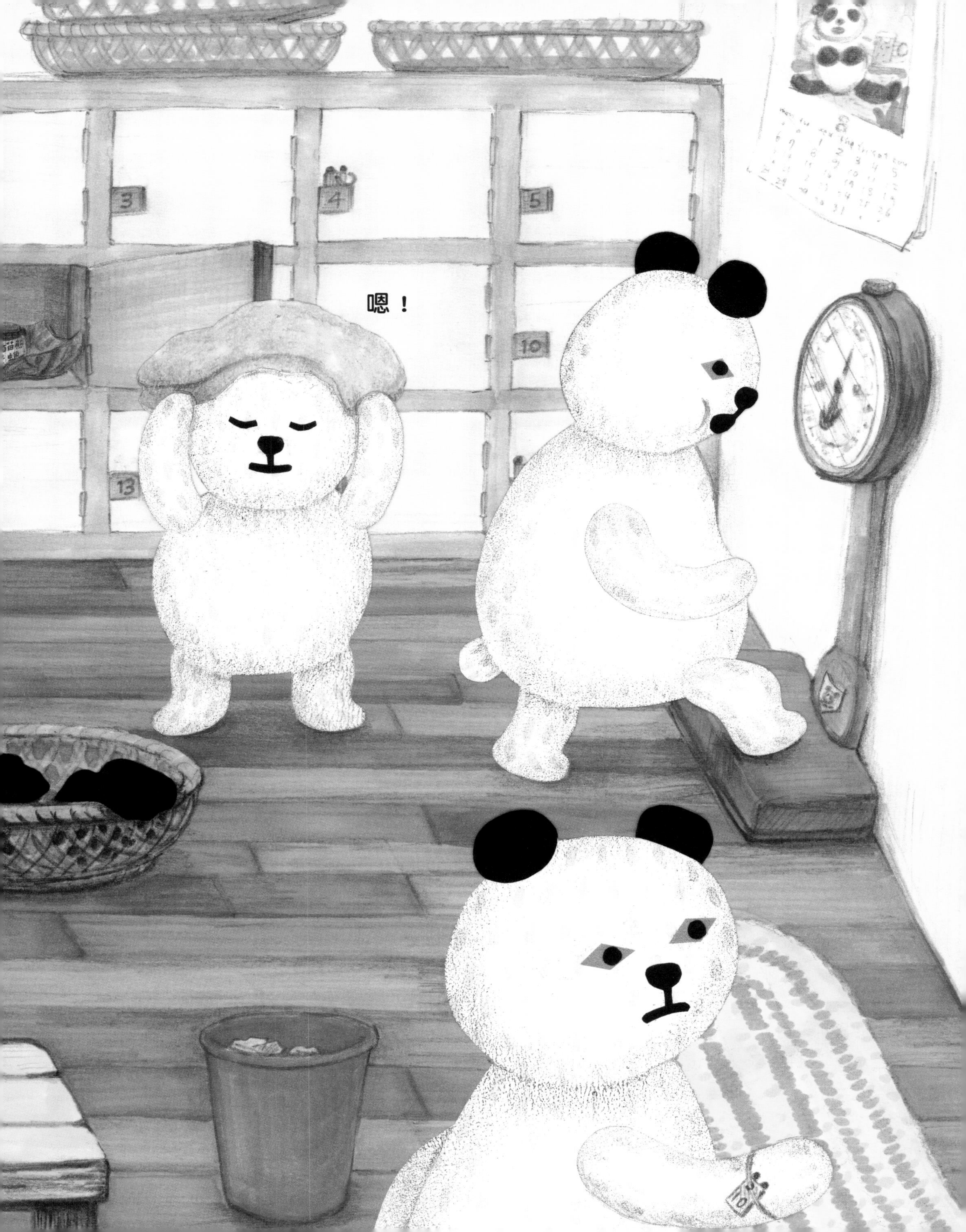
嗯！

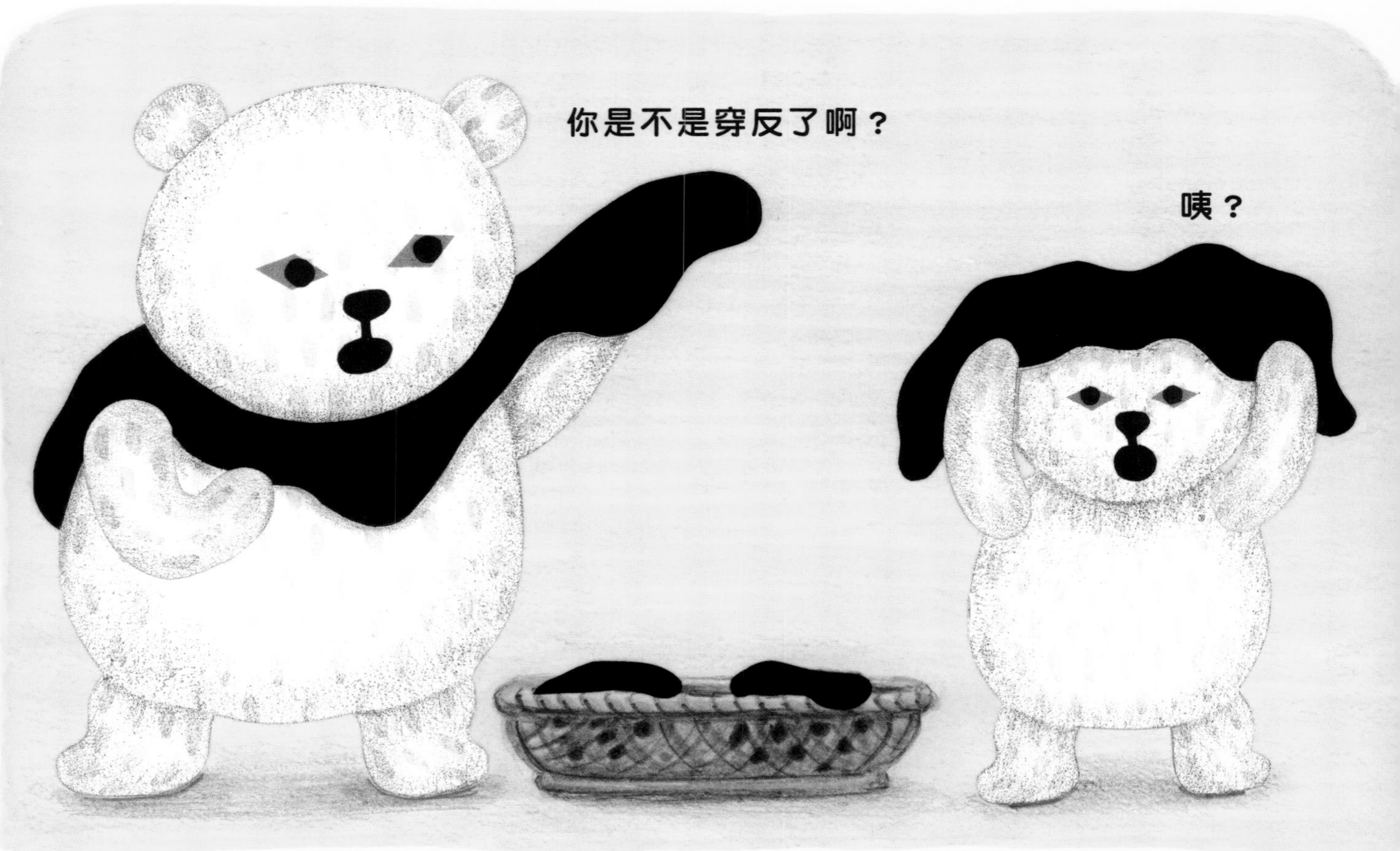
你是不是穿反了啊？
咦？

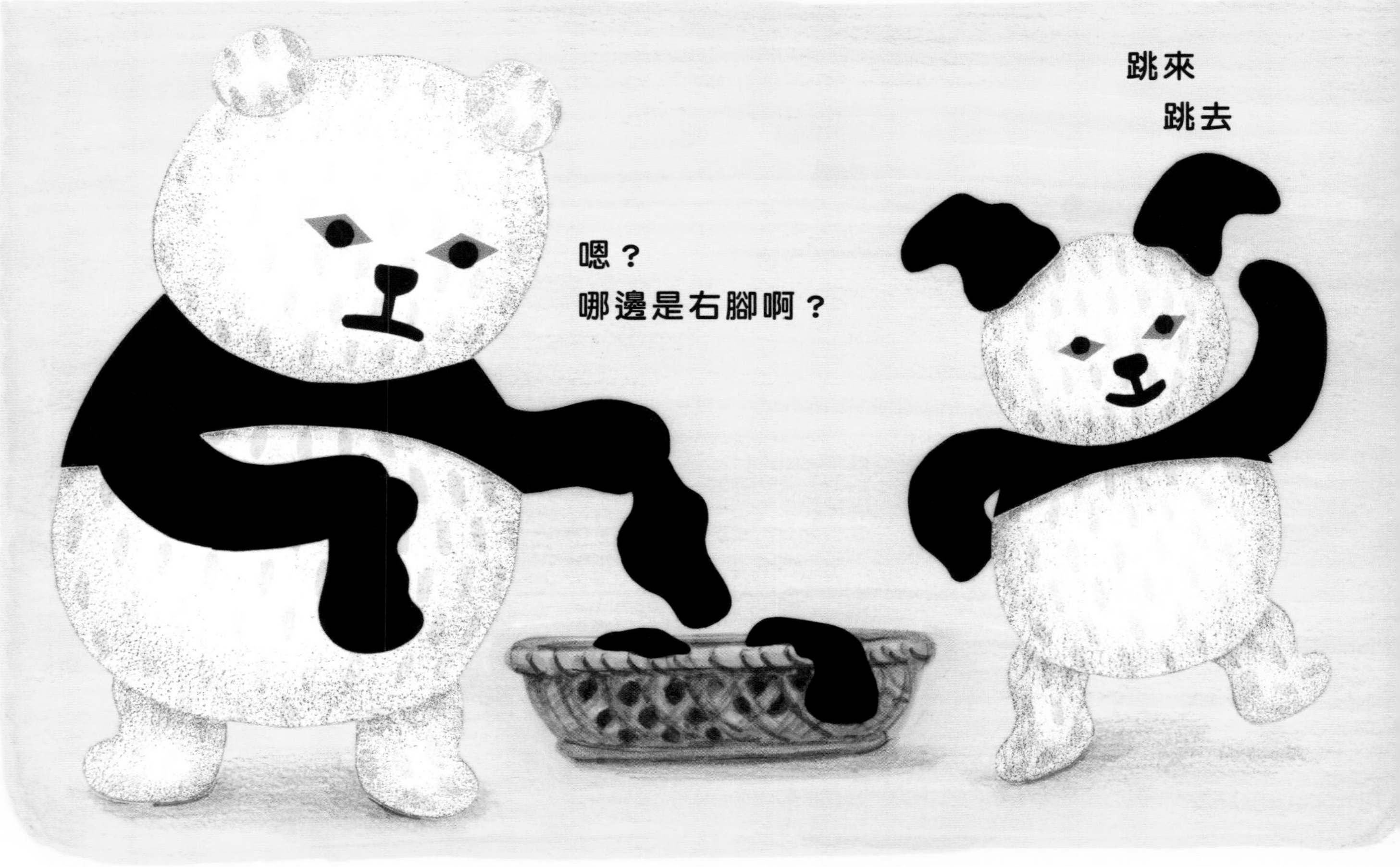
嗯？
哪邊是右腳啊？
跳來
跳去

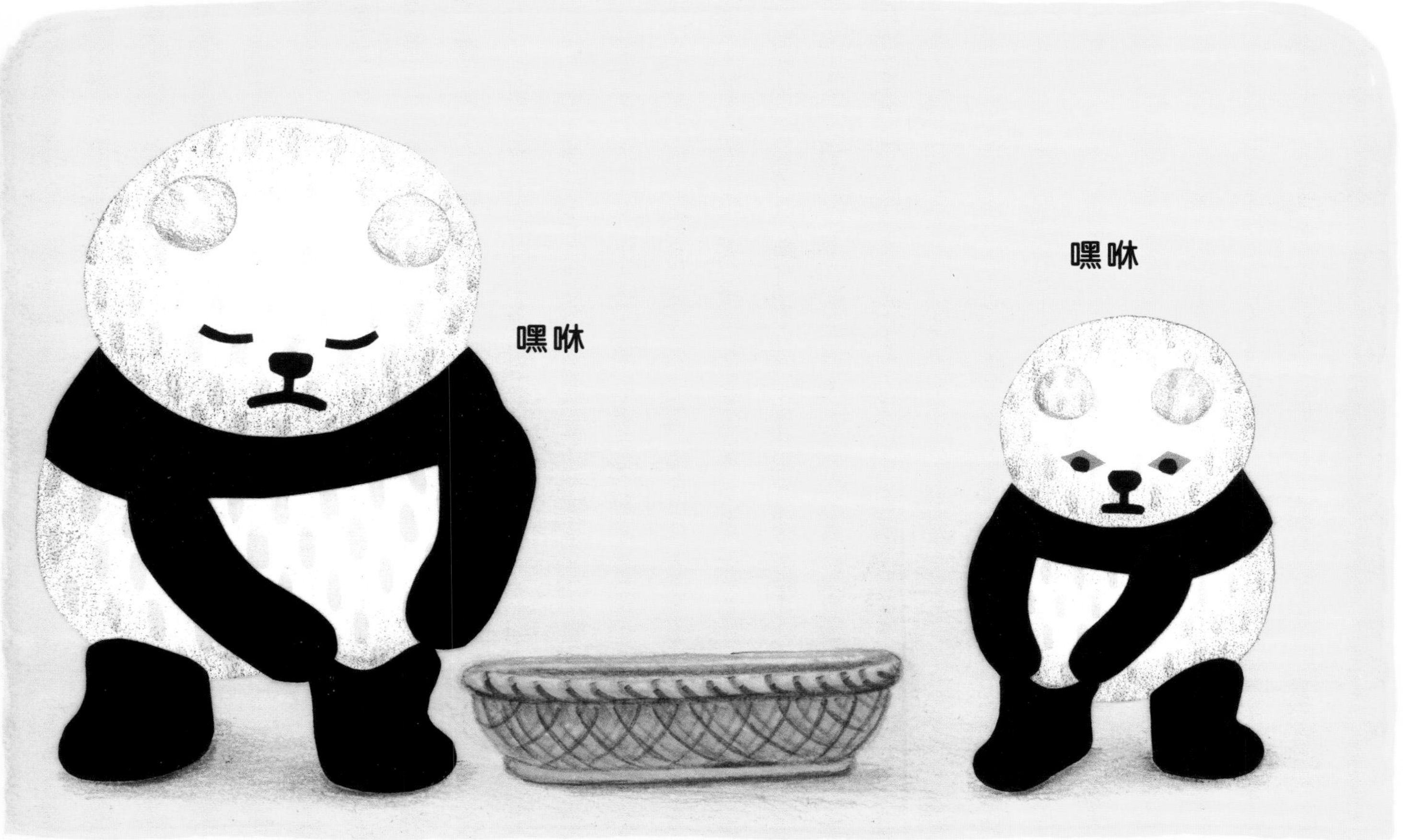
嘿咻
嘿咻

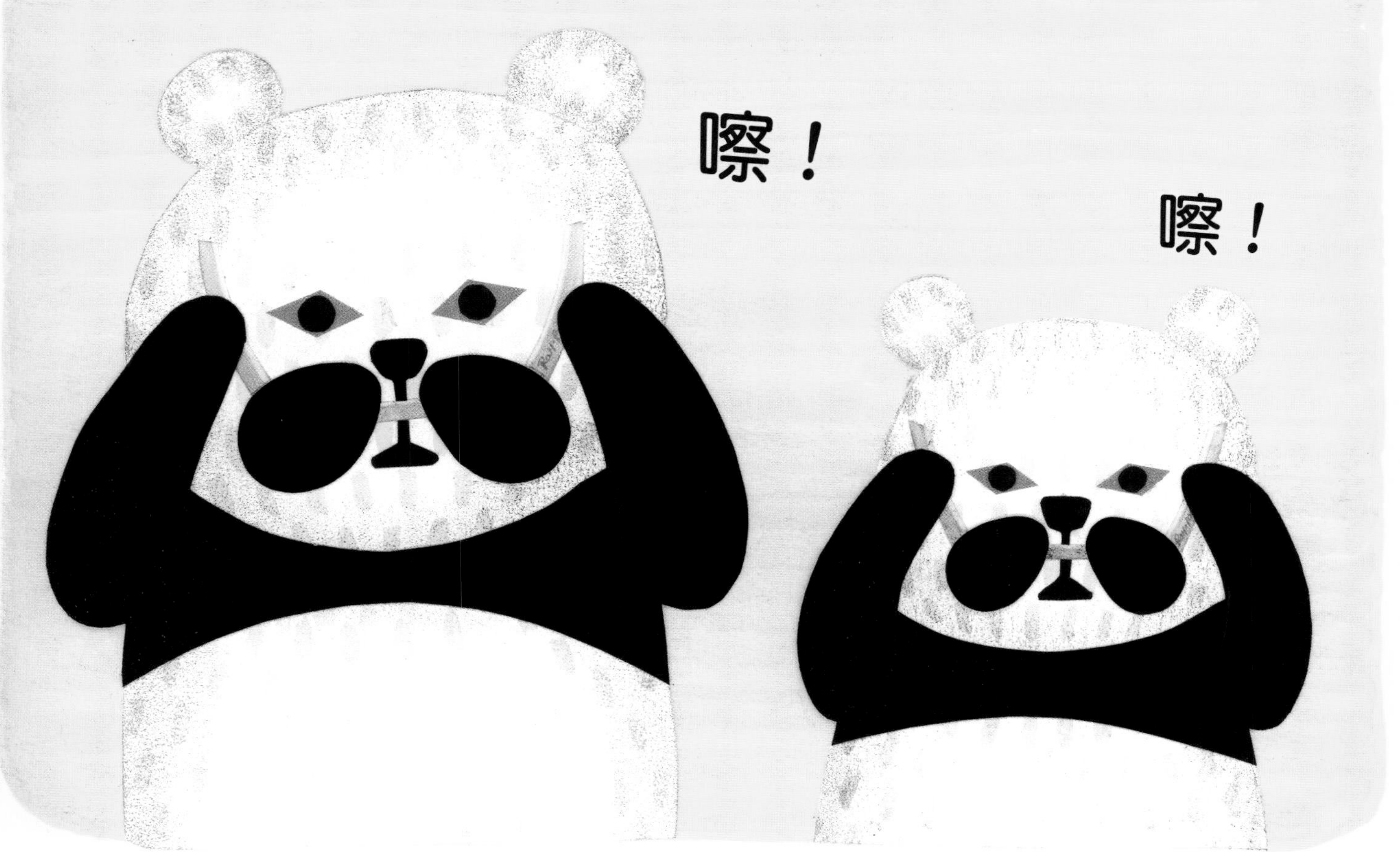
嚓！
嚓！

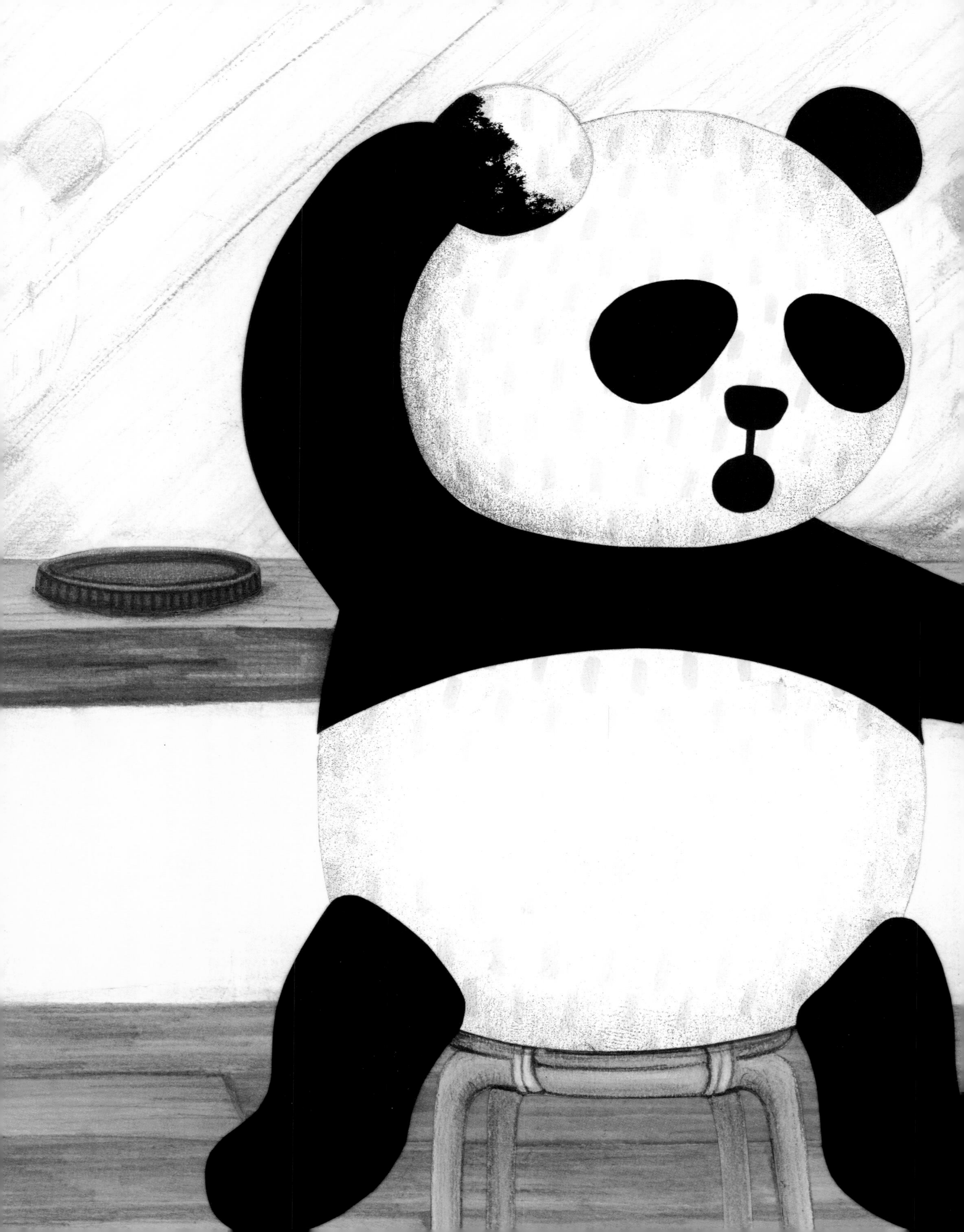

喂！
你忘了這個！

啊！

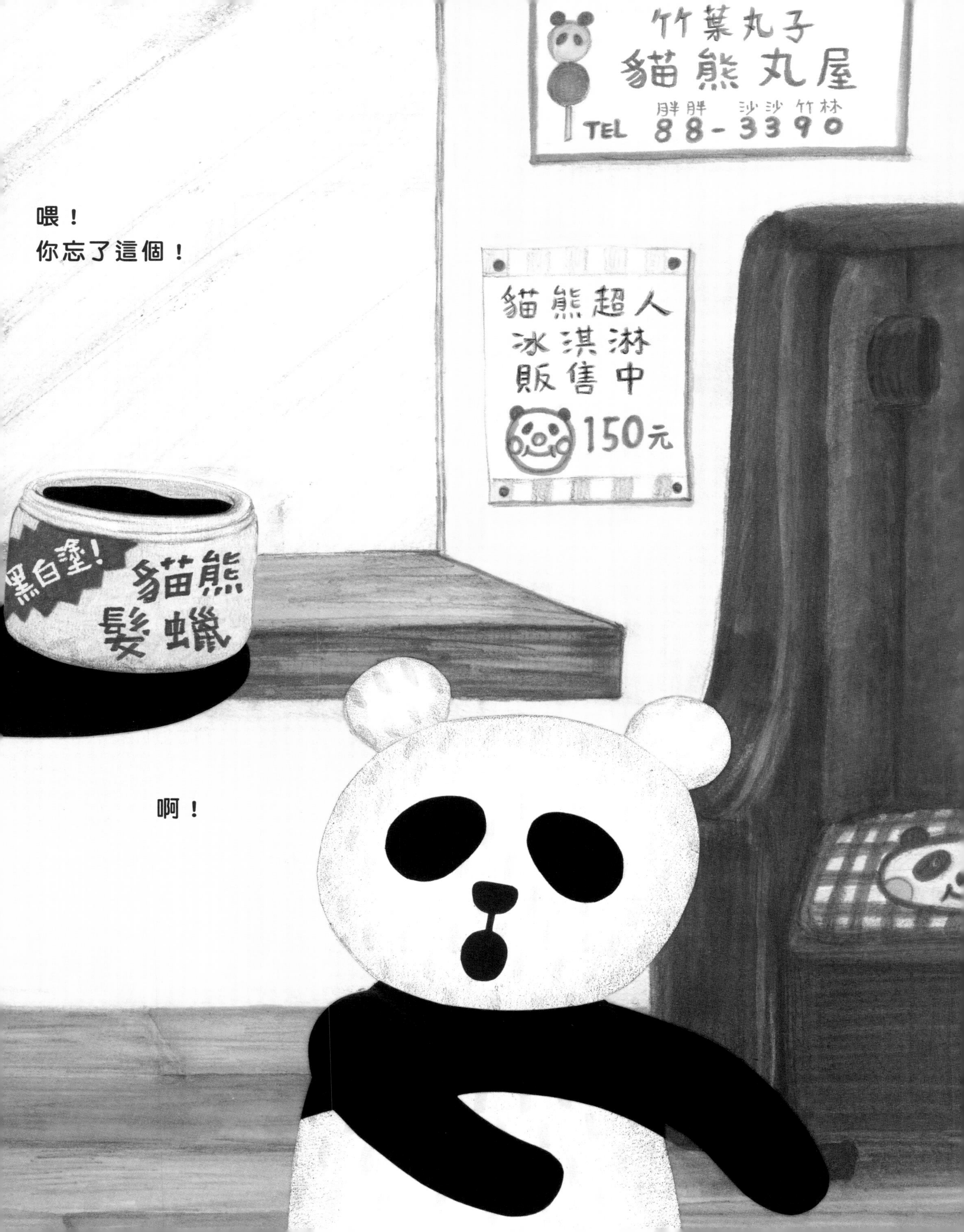
竹葉丸子
貓熊丸屋
TEL 胖胖 88-沙沙 33竹林 90
貓熊超人
冰淇淋
販售中
150元
黑白墜！
貓熊
髮蠟

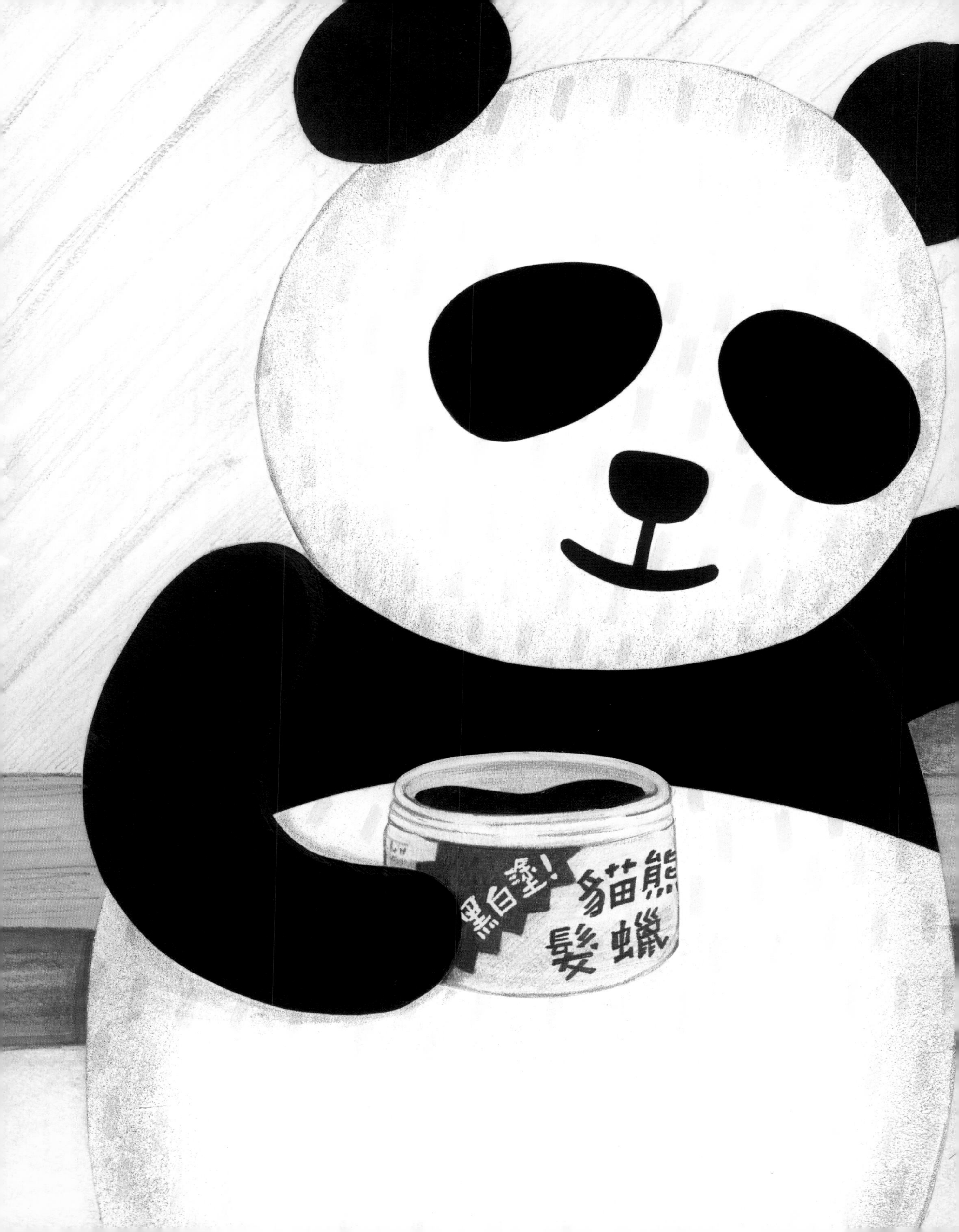
黑白塗!
貓熊髮蠟

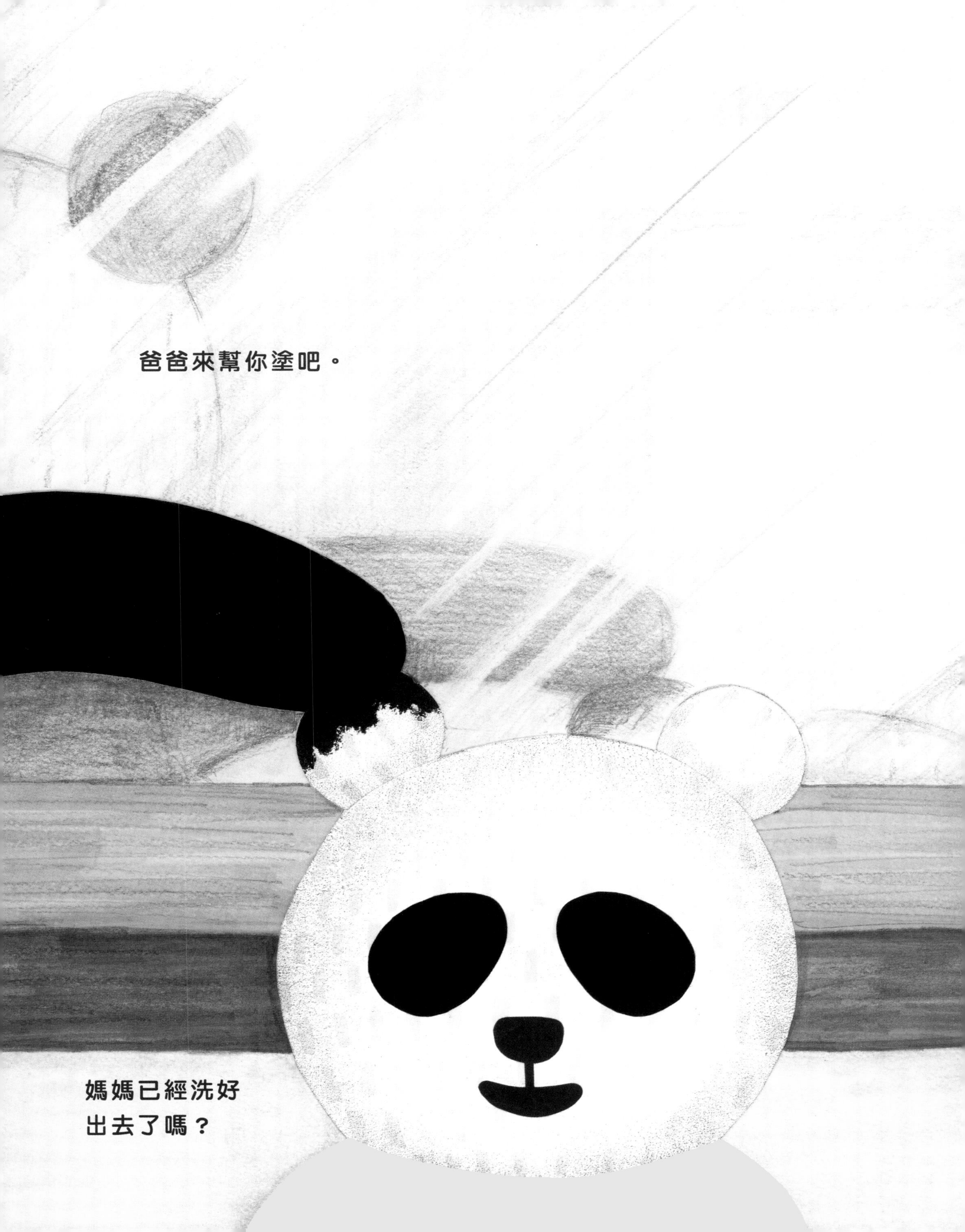

爸爸來幫你塗吧。

媽媽已經洗好
出去了嗎？

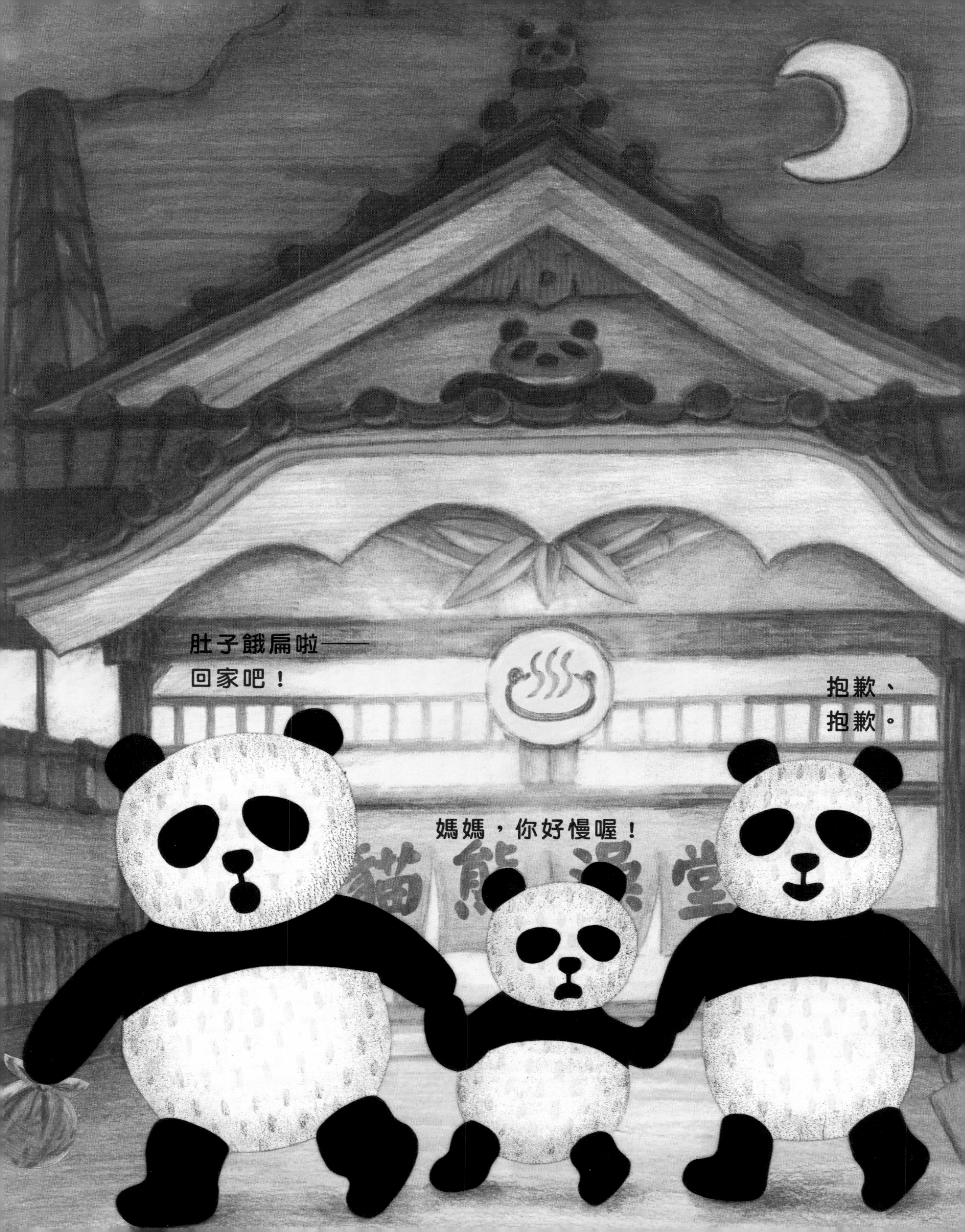
肚子餓扁啦——
回家吧！
抱歉、
抱歉。
媽媽，你好慢喔！

文・圖 tupera tupera

　　由龜山達矢與中川敦子所組成的創作團體。兩人從繪本和插畫工作起步，也從事手工、動畫、舞台劇美術設計等工作，現活躍於各種不同的藝術領域。繪本作品有《ABC動物馬戲團》、《白熊的內褲》等。

　　官方網站：http://www.tupera-tupera.com

譯 劉握瑜

　　加拿大維多利亞大學語言學系畢業。最喜歡說故事給貓咪聽，再抱著牠一起睡個香甜的午覺。譯有《小雞逛遊樂園》、《小雞過生日》等書。

小魯繪本世界 32 **貓熊澡堂**　　　　　文・圖 tupera tupera　譯 劉握瑜

發行人／陳衛平　　　　　執行長／沙永玲　　　　　出版者／小魯文化事業股份有限公司
地址／106臺北市安居街六號十二樓　　　電話／(02)27320708　　　傳真／(02)27327455
E-mail／service@tienwei.com.tw　網址／www.tienwei.com.tw　facebook 粉絲團／小魯粉絲俱樂部
總編輯／陳雨嵐　　　編輯部主任／郭恩惠　　　文字責編／劉握瑜　　　美術責編／李縈淇
郵政劃撥／18696791帳號　　　出版登記證／局版北市業字第543號　　　初版／西元2014年4月
初版六刷／西元2015年2月　　　定價／新臺幣280元　　　ISBN：978-986-211-429-2

貓熊澡堂